Aurora Green

Eine Tasse Wiener Melange

Sonate von A bis Z, Mandala,
Das Licht von Dendera

novum ⬛ pocket

© 2020 novum Verlag

ISBN 978-3-99010-905-2
Umschlagabbildung:
Noemi Frieda Knoll
Umschlaggestaltung, Layout & Satz:
novum Verlag
Innenabbildungen:
Firoozeh Radji-Seltrecht

Die von der Autorin zur Verfügung
gestellten Abbildungen wurden in
der bestmöglichen Qualität gedruckt.

Gedruckt in der Europäischen Union
auf umweltfreundlichem, chlor- und
säurefrei gebleichtem Papier.

www.novumverlag.com

INHALT

Empfehlung   7

Sonate von A bis Z   9

Mandala 71

Das Licht von Dendera 138

EMPFEHLUNG

„Für die Menschen, denen wir jeden Tag begegnen, die jeden Tag anonym an uns vorbeigehen. In diesen drei Erzählungen treffen verschiedene Kulturen aufeinander. Dadurch wird die Welt bunter, wie eine Tasse Wiener Melange, die wir in einem Café gemütlich und mit Genuss austrinken, während wir unsere Umgebung mit großem Respekt und Neugier beobachten. Die Sonate erzählt uns von der Liebe und Zuneigung, das Mandala besteht aus kleinen Mosaiken, die uns Einblicke in das Leben unserer Mitmenschen ohne Anspruch auf Vollständigkeit bieten. Das Licht von Dendera stellt uns eine kurze Episode einer unvollendeten Begegnung vor, und bringt uns in die Ungewissheit der Zukunft mit. Für einen gelungenen Tag braucht man nicht mehr, als einen Kaffee und ein gutes Buch. Diese speziell illustrierten Sozioaufnahmen der Trilogie begleiten uns auf eine Reise durch Freud und Leid."

SONATE VON A BIS Z

„Niemand wird mit dem Hass auf andere Menschen wegen ihrer Hautfarbe, ethnischen Herkunft oder Religion geboren. Hass wird gelernt. Und wenn man Hass lernen kann, kann man auch lernen zu lieben. Denn Liebe ist ein viel natürlicheres Empfinden im Herzen eines Menschen als ihr Gegenteil."

(Nelson Mandela)

„Gebete ändern die Welt nicht. Aber Gebete ändern die Menschen. Und die Menschen verändern die Welt."

(Albert Schweitzer)

|

„Hallo" –, sagte eine unsichere Stimme im Telefon, *wo bist du?*

„Ich bin am Mexikoplatz. Ich habe dich vorgestern wegen des Unterrichtes angerufen. Ich bin eben angekommen und sehe dich. Du bist an der Kreuzung und rufst mich gerade an." – antwortete sie als sie den jungen Mann im Pullover gegenüber der Kreuzung bemerkte.

„Ja, ich sehe dich auch" – wiederholte er. *„Gehen wir ins Café? Dort können wir sofort anfangen."* – bot er fragend der Frau in roter Jacke an.

„Ich habe schon einmal an der Uni Arabisch gelernt, aber alles wieder vergessen. Ich muss nochmal von vorne anfangen. Warum gibst du Sprachstunden?" – fragte sie ihn.

„Ich wollte Menschen kennenlernen."– sagte er und fing mit dem Unterricht an.

Sie saßen zusammen im Café und übten noch einmal das ganze Alphabet. Zwei Menschen aus verschiedenen Kulturen, verschiedenen Generationen und aus verschiedenen sozialen Schichten.
Er erzählte sein Schicksal, das ganze Abenteuer, wie er hier ankam. Ein Flüchtling, der viel erlebt hat. Vor zwei

Jahren ist er in Europa angekommen, und hat unsere Sprache gelernt. Er ist belesen und glaubt nicht mehr so fanatisch an seine Religion, hat sich den neuen Gewohnheiten angepasst. Während er sprach, fing sie an, zu weinen. Seine Schilderungen waren sehr traurig und bewegend.

„Machen wir weiter mit dem Lernen?" – fragte sie. Sie wollte sich auf die schönen Buchstaben konzentrieren, damit ihr die Tränen nicht mehr über das Gesicht liefen. Doch er erzählte weiter.

„In der Unterkunft waren viele in einem Raum, es gab keine Privatsphäre." Das hinderte ihn nicht am Lesen und daran, von einer besseren Zukunft zu träumen. *„Wir sind sechs Geschwister. Einer meiner Brüder lebt auch hier, er ist ein Jahr jünger als ich. Meine Eltern sind mit meiner Schwester noch in Ägypten. Die anderen Brüder sind in verschiedenen anderen Ländern. Wenn ich meine Approbation schaffe und eine gute Stelle bekomme, hole ich sie hierher. Ich möchte sie bei mir wissen."*

„Wo wohnst du jetzt?" – fragte sie.

„In einer Mietwohnung, das Jobcenter bezahlt die Monatsmiete und auch meine Sprachkurse und Prüfungen. Ich wohne in der Nähe". Er war schüchtern, aber er erzählte viel.

„Willst du in deine Heimat zurückkehren?"

„Nein. Keiner will das. Niemand will zum Militärdienst ... Treffen wir uns morgen wieder?"

„Ja, ich kann es einrichten" – gab sie schnell zur Antwort.

*

In den nächsten Tagen trafen sie sich zum Lernen in verschiedenen Cafés. Es ging voran. Sie wollte eine Stelle bekommen, für die sie die Sprache unbedingt brauchte. Sie war fleißig. Er war zwar nicht ihr Typ, aber er berührte ihr Herz, wenn er sie mit seinen schönen traurigen Augen anstrahlte.

„Ich wollte nicht mehr leben." – sagte er. *„Ich bin hier, in einem freien Land, aber sehr allein. Mein Vater bestimmt mein Leben, wir reden jeden Tag über Videoanruf, damit er alles unter Kontrolle hat. Er hat bereits bestimmt, wen ich heiraten muss. Vor langer Zeit hatte ich mal eine große Liebe, aber er hat es mir verboten, sie zur Frau zu nehmen. Das Mädchen stammte nicht aus unserer Familie. Sie lebte in der Hauptstadt, das war für meinen Vater ein Dorn im Auge. Seit sieben Jahren denke ich jeden Tag an sie. Sie hat inzwischen geheiratet und ist umgezogen. Sie hat jeden Kontakt mit mir abgebrochen. Ohne sie finde ich meinen Platz nicht. Ich fühle mich nicht frei. Und werde mich nie frei fühlen. Ich will meine Eltern aber nicht verlieren, nur, weil ich mir meine Frau selbst aussuchen will."*

Für sie war es schwer zu glauben, dass solche mittelalterlichen Bräuche noch existieren. Sie wollte ihn umarmen und trösten, befürchtete aber, damit seine Gefühle zu verletzen.

Nicht, dass er es falsch versteht und denkt, ich betrachte ihn als Beute – dachte sie.

Sie konnte nachts nicht gut schlafen, seine Worte wollten sie nicht loslassen. Seine Augen brannten sich in ihre Gedanken ein.

ب

„Heute lernen wir neue Wörter über die Bräuche, wie die Menschen leben, beten, essen und ihre Kinder erziehen" – sagte er. *„Ich diktiere, du schreibst, in Ordnung?"*

„Ja." – antwortete sie.

Er diktierte die neuen Wörter zum Waschritual, zu den Berufen, und neue Verben wie stillen oder für die Kinder sorgen.

„Hast du Kinder?" – fragte er.

„Ja, ich habe drei." – war ihre Antwort, *„und ich habe sie gestillt."*

Irgendwie begann die Luft zwischen ihnen ein wenig zu vibrieren. Er saß neben ihr. Sie waren bei ihm zu Hause. Sie wollte ihn wieder umarmen.

„Darf ich dich umarmen?" – fragte sie. Er antwortete nicht. Er hatte Angst vor dem Unbekannten. Er hatte noch nie eine Frau berührt. Nicht mal seine Mutter. Seine Tradition erlaubt es nicht. Er wurde sehr konservativ erzogen. Aber er wollte ihre Berührung. Sie umarmte ihn,

und er blieb versteinert. Oh – dachte sie, ich habe etwas Falsches getan. Jetzt werde ich ihn verlieren, ich habe seine Gefühle verletzt. Sie packte ihre Bücher und ging, ohne einen Treffpunkt oder eine Zeit für den nächsten Unterricht zu verabreden.

ت

In den nächsten Tagen hatte sie viel zu tun, und beschäftigte sich gezielt mit verschiedenen Sachen. Sie besuchte ein Freimauerhaus und unternahm viel mit ihren Kindern. Sie hat sich schon immer für Mystisches interessiert, war sehr liberal und weltoffen. Sie wollte nicht an seine Augen denken. Es war jedes Mal peinlich, wenn sie auch nur an die misslungene Umarmung dachte.

*

„Hast du mich vergessen? Wann sehen wir uns?" – fragte er in seiner Nachricht.

„Tut mir leid, dass ich dich verletzt habe." – antwortete sie.

„Kein Problem, es war sehr schön." – antwortete er.

„Tatsächlich?" Sie war erleichtert. *„Okay, dann sehen wir uns morgen"* – entschied sie. Es gibt kein Zurück mehr. Manchmal passieren die Dinge einfach und wir können sie nicht aufhalten. Vielleicht ist alles, was mit uns passiert, schon vorbestimmt und wir müssen unseren Weg zu Ende ge-

hen. Es ist kein Zufall, dass sie sich getroffen hatten. Sie mussten einander verstehen, kennen und lieben lernen. Sie hatten die Chance bekommen, etwas Wunderbares zu vollbringen und allen zu zeigen, dass man es doch schaffen kann. Die ganze Welt ist draußen geblieben, nur die Momente zählten. Und sie zählten die Stunden bis zum nächsten Wiedersehen. Sie trafen sich jeden Tag.

*

„Lernen wir noch etwas?" – fragte er.

„Ja, vielleicht." Und sie lasen Geschichten und er erklärte ihr die Sprache. Er ist ein sehr guter Lehrer – dachte sie, und so konzentriert. Niemand kann ihn von seinen Gedanken ablenken. Sie wollte eigentlich nur noch in seiner Umarmung bleiben, aber sie musste weiter lernen. Sie tat es, aber sie war nicht mehr so fleißig.

„Jetzt muss ich mit meinem Vater telefonieren, bitte geh in die Küche, damit er dich nicht sieht" – bat er sie und sie ging. Er telefonierte lange, seine Stimme klang glücklich. Zum ersten Mal in seinem Leben war er wirklich glücklich und hätte Luftsprünge machen können. *„Du musst das Mädchen besuchen, das ich für dich bestimmte"* – sagte sein Vater, als er seine Veränderung bemerkte. Er konnte nicht zulassen, dass er ihm nicht gehorcht hat. *„Ja, nach meiner Prüfung"* –, sagte er. Er wollte es noch hinauszögern, die Unbekannte kennenzulernen. Er wollte noch nicht heiraten. Sein Leben hatte gerade erst begonnen. Er wollte es noch genießen, ganz ohne Bindungen. Aber er hatte keine Wahl.

„Irgendwann muss es so kommen, wie mein Vater es will." –
sagte er zu ihr, nachdem das lange Telefonat vorbei war.

ﺕ

„Ich habe Gedichte geschrieben" – bemerkte er einmal un-
vermittelt. *„Für die Frau, die die Liebe meines Lebens ist. Ich
habe sie ihr damals geschickt. Sie hat mich inspiriert. Unsere
Liebe blieb unerfüllt. Wir telefonierten sehr oft. Es dauerte
lange, bis ich mich endlich traute, meinen Vater zu bitten,
sie heiraten zu dürfen. Er war wütend und verbietet mir bis
heute, den Kontakt zu diesem Mädchen aufrechterhalten."*

„Ich möchte deine Gedichte hören" – antwortete sie. *Bitte
zeig sie mir.* Er begann zu lesen und brach in Tränen aus.
Sie versuchte, ihn zu trösten, aber er konnte nicht aufhören zu weinen. Er konnte nicht weiterlesen.

„Ich liebe sie noch immer so sehr!" – gestand er.

„Seit wann? Noch immer? Jetzt auch?" – fragte sie mit einem schmerzerfüllten Blick und ihr Herz begann schneller zu schlagen.

„Seit 7 Jahren. Ich liebe sie bis heute."

Sie fühlte sich sehr verletzt. Sie hatte gehofft, inzwischen
eine wichtige Person in seinem Leben geworden zu sein,
sie war schockiert.

„*Tut mir leid*", sagte sie, „*ich muss gehen*". Es war zu viel. Die künftige Zwangsheirat und die schmerzhafte Vergangenheit waren allzu präsent. Sie konnte nicht länger bleiben. Sie wollte nach Hause und alles vergessen.

ح

„*Ich bin da*" –, rief er und klopfte an ihrer Haustür, „*ich wollte dich sehen und wissen, wie es dir geht. Ich habe Angst, dass du böse auf mich bist. Ich kann nichts dafür. Ich brauche dich*" – er stand da und sah sehr süß aus. Er hatte keine Erfahrung, was man in einer solchen Situation tun muss, er hatte noch nie eine Beziehung. Er wusste nichts über Frauen. Sie war berührt und entschied, ihn nicht zu verlassen. Er hat seine Prüfung und er braucht eine Stelle. Er brauchte sie, und sie brauchte ihn. „Was wir nur für uns selbst tun, stirbt mit uns. Was wir für andere tun, bleibt und ist unsterblich."

*

„*Kennst du diese Musik? Najat Essaggura, eine ägyptische Sängerin, und diese andere ist Umm Kulthum, sie sind die Besten, sie hatten wunderbaren Stimmen und haben sehr schöne alte Musik. Ich liebe elegante Menschen, ich liebe arabische Musik*" – erzählte er und sie hörten viele Lieder. Auch viele Melodien aus Aleppo.

„*Musik war immer wichtig und sehr beliebt in Aleppo*" – sagte er mit Bewunderung.

Die Songs waren traurig und erzählten von unerfüllter Liebe. Paare, die sich nicht lieben durften, die sich verließen. Schöne aber melancholische Melodien. Sein Gesicht strahlte und er sang mit. Er übersetzte die Texte und sie hörte zu.

„Hast du Hunger?" – fragte er, *„ich koche dir etwas Besonderes".*

„Ja, warum nicht? Ich liebe exotisches Essen, und ich koche auch sehr gerne." Er kochte für sie und sie unterhielten sich.

„Die gefüllten Zucchini brauchen viel Zeit und die Soße muss eine Stunde lang gerührt werden, damit sie gut wird" – ermahnte er sie. Sie war beeindruckt von seiner Ausdauer, wie er die Zucchini aushöhlte und zum Kochen vorbereitete. Sie saß da und lachte ihn an. Er ist ein toller Koch –, dachte sie, und so ein präziser. Er wollte alles richtigmachen, wie immer in seinem Leben, alles, womit er einmal begonnen hat. Er erträgt keine Kritik und will es allen recht machen, jedem gefallen. Tadellos sein. Er kann mit Fehlern nicht umgehen.

„Aber das geht nicht, du kannst es nicht jedem recht machen! Wir sind Menschen und wir machen Fehler. Trotzdem gibt es immer Menschen, die uns kritisieren, egal, ob wir gut oder schlecht sind. Versuche, du selbst zu sein und an dich zu denken. Sei treu zu dir selbst, bitte!" – versuchte sie zu erklären. *„Was erwartest du vom Leben? Was ist dein größter Wunsch?"*

„Ich möchte frei sein" – antwortete er. *„Ich möchte bei dir bleiben, aber ich möchte meine Familie nicht verlieren. Ich möchte ein guter Arzt sein. Ich möchte Vieles ausprobieren."*

„Hast du schon mal Alkohol getrunken?" – fragte sie ihn plötzlich.

„Nein, und ich werde es nie tun."

„Du hast auch gesagt, du wirst nie eine Frau ohne Heirat lieben, und du tust es doch. Sage niemals nie." – erwiderte sie.

„Ich liebe dich" – antwortete er – *„und kann ohne dich nicht leben. Ich werde Selbstmord begehen, wenn mein Vater mich zwingt, eine andere Frau zu heiraten. Ein Mädchen wartet auf mich schon seit Jahren, und ein anderes ist für mich reserviert. Wenn ich als Arzt arbeite, bin ich sehr begehrt und alle wollen mich heiraten, alle wollen nach Europa kommen. Aber ich kann nicht mehr so leben wie früher, nach diesen strengen Regeln. Ich habe meinen Glauben verloren. Weißt du, dass ich noch nie eine Frau berührt habe? Nicht mal meine Verwandten. Frauen sind unrein und bringen Unglück, wurde mir immer gesagt. Ich hielt mich streng daran. Ich hatte immer Angst. Aber mit dir fühle ich mich wie im Paradies. Ich konnte mir nie vorstellen, in den Armen einer Frau einzuschlafen. Dass ich eine Frau so sehr vermissen könnte. Du bist mein Glück."*

Ja –, antwortete sie. *„Ich bin deine erste Frau. Du wirst aber noch viele Frauen kennenlernen. Du liebst mich, weil ich die Erste bin"* – beendete sie das Gespräch.

Nein –, sagte er, *„ich fühle mich bei dir geborgen, du kennst meine Geheimnisse, dass ich nicht mehr bete, du weißt alles, was ich tue, wie ich lebe. Ich bleibe bei dir."*

Sie wollte ihn küssen und ihn mit ihrem Herzen umhüllen. Sie tat es und die Zeit blieb für einen Moment stehen.

ح

„Willst du ins Kino? Ich möchte mit dir ins Kino, komm!" Sie
suchten einen Film aus. Er war fasziniert und mochte es,
im Kino zu kuscheln. Sie war glücklich und vergaß für
einen Moment, dass sie keine Zukunft hatte. Sie plan-
te, was sie noch alles unternehmen würden.

„Ja, ich mache mit" – antwortete er. *„Ich mache alles mit
dir. Und wir werden gemeinsam reisen. Einmal nach Mekka.
Ich werde dich mitnehmen."*

*

„Musst du nicht lernen?" – erinnerte sie ihn an seine Ver-
pflichtungen. *„Du hast bald Prüfung. Ich habe ein Buch mit-
gebracht und du musst deine Fachbücher lesen. Ich koche für
dich und du lernst."* Sie hatten schon lange keinen Sprach-
unterricht mehr, er musste sich langsam auf seine Approbation vorbereiten. Die Zeit drängte. Er musste alle
Fachausdrücke und Heilmethoden auf Deutsch lernen.
Er tat es nur, wenn sie dabei war.

*

Draußen war es kalt geworden und er hatte keine Winterjacke.

„Wo bist du?" – fragte sie am Telefon.

„Ich bin an der Haltestelle und warte auf dich."

„Du hast heute deinen großen Auftritt, bist du schon fertig?"

„Ja, ich komme und wir treffen uns."

„Was hast du dabei?"

„Eine schöne warme kuschelige Winterjacke, damit du bei der Prüfung an mich denkst und unterwegs nicht erfrierst."
Sie gab ihm die Jacke.

„Danke dir, Süße". Er hatte gute Laune, das lenkte ihn etwas ab. Er bestand die Prüfung. Sie betete zu Hause für ihn und konnte kaum erwarten, dass er endlich fertig war.

„Wir müssen feiern! Herzlichen Glückwunsch! Jetzt hast du dein Leben in deiner eigenen Hand!" Sie war glücklich und er hatte Angst. Jetzt gab es keine Ausreden mehr, mit denen er die Hochzeit weiter aufschieben konnte. Nun war er eine begehrte Partie, hatte einen tollen, respektablen Beruf. Es gab schon interessierte Frauen, die ihn gerne heiraten wollten. Auch sein Vater wurde aktiv und sammelte fleißig die Angebote. Er drängte darauf, dass er so bald wie möglich das von ihm auserwählte Mädchen besucht. Das Mädchen studierte in Europa, musste aber bald zurück in ihre Heimat. Die Heirat muss stattfinden und die Ehe vollzogen werden, damit sie bleiben kann.

خ

„Mein Vater will, dass ich Chirurg werde. Hier gibt es aber leider keine Stellen für Chirurgen. Ich will nicht Chirurg werden."

„Was möchtest du werden?" – fragte sie.

„Ich möchte Neurologe werden, dieser Bereich interessiert mich und ich muss nicht stundenlang im OP-Saal stehen."

„Dann werde Neurologe! Für diesen Fachbereich gibt es viele Jobangebote. Der passt besser zu dir. Dein Vater will Geld sehen und Arbeit, du kannst ihm sagen, dass du nur als Neurologe eine gute Stelle bekommen kannst."

Er durchforstete die Stellenanzeigen für Neurologie und bewarb sich auf jede offene Stelle. Er fürchtete sich aber, dem Vater davon zu erzählen.

د

Wer ist da? – fragte sie verängstigt. Jemand klopfte wie verrückt an die Tür. Sie waren zusammen zu Hause und wussten nicht, wer so dringend hineingelassen werden wollte.

„Das ist mein Bruder, er hat mich hundertmal angerufen. Er kontrolliert mich und hat keine Manieren. Immer, wenn er mich früher besuchte, hat alle Schränke durchsucht. Er *wollte sehen, ob ich wirklich alleine lebe. Er darf dich auf keinen Fall sehen. Nie bei mir. Nie mit mir. Ich öffne ihm die Tür nicht."* Er zitterte und hielt still, bis der ungebetene Gast endlich wegging.

„Warum darf ich ihn nicht kennenlernen? Ich möchte mehr über deine Familie wissen! Ich möchte sie mögen." – fragte sie. Er gab ihr keine Antwort.

ذ

Weihnachten waren sie zusammen mit ihren Kindern in der Philharmonie und feierten auch gemeinsam die Silvester Nacht. Sie waren glücklich wie ein Paar, das zusammengehörte.

*

„Ich möchte die Scheidung einreichen, damit wir zusammenleben können" – sagte sie plötzlich. *„Ich liebe dich und möchte bei dir bleiben. Ich lebe sowieso seit langem von meinem Mann getrennt, zwar unter einem Dach, aber in unterschiedlichen Räumlichkeiten. Mir fehlen nur die Papiere zu meiner Freiheit. Jetzt werde ich endlich schaffen, was ich schon viel früher hätte tun müssen."* Sie war entschlossen und glücklich. Er wusste nicht, was er antworten sollte. Er wollte sie nicht verlieren, aber er durfte seinem Vater nicht widersprechen. Er konnte sich nicht vorstellen, eine Frau zu haben, die nicht aus seiner eigenen Familie stammt, irgendwie hat es ihn gestört, obwohl er immer behaup-

tete tolerant zu sein. Doch er war es überhaupt nicht. Diese Gedanken wurzelten tief in seinem Herzen und er wusste, dass er ihr nicht die Wahrheit sagte, als er mit ihr über eine gemeinsame Zukunft sprach. Nicht wegen seines Vaters. Es war seinetwegen. Er hielt sie nicht für würdig. Er wusste noch nicht, dass sie sein ganzes Glück war. Die wahre Liebe. Die viel wichtiger war als Macht oder Geld, die einem Kraft gibt, einen beschützt und unterstützt. Die uns bis ans Ende unseres Lebens begleitet und umhüllt. Die uns immer wieder Energie und einen Sinn über Jahre hinweg gibt, um auf dieser Erde unsere Berufung erfüllen zu können. Es wurde ihm nicht bewusst, weil er den Blick immer in eine ferne, unbekannte Welt richtete, die gar nicht existiert. Man kann nicht alles haben. Man muss sich darüber freuen, was man hat. Sonst wird man nie glücklich.

*

Er wollte das ausgesuchte Mädchen, eine Nichte seines Vaters, besuchen, weil er neugierig war, wie es aussah. Er hatte gehofft, eine Prinzessin zu bekommen. Aber das Mädchen konnte sein Herz nicht berühren.

„Fährst du schon los?" – fragte sie. *„Wann geht dein Zug?"* – sie litt sehr während er sich für das große Treffen zurechtmachte. Es war der Tag nach seinem 30. Geburtstag. Sie feierten zusammen, und nächsten Tag musste er weg. *„Wirst du mir schreiben, wenn du mit dem Besuch fertig bist?"*

„Ja, das werde ich."

Der Tag kroch quälend langsam voran, sie versuchte, sich auf andere Gedanken zu bringen. Sie schlief schon seit Tagen schlecht, hatte Angst, wollte ihn retten. Sie konnte sich einfach nicht vorstellen, dass zwei Fremde dazu gezwungen werden konnten, einander zu lieben. In ihren Albträumen sah sie ihn leiden, wie er vor dem fremden Mädchen steht und von seiner Familie kontrolliert wird, ob er auch alles ordentlich und den Traditionen entsprechend tut. In ihrer Fantasie sah sie seine traurigen Augen. Sie konnte an nichts Anderes denken. Sie stellte sich vor, sein Schutzengel zu sein, und wollte aus der Welt rennen.

*

„Ich habe das Mädchen abgelehnt" – kam eine Nachricht in den späten Abendstunden von ihm. Sie war glücklich, aber sie wusste, dass es nur der Anfang war. Der Anfang vom Leid. Sie wagte es lange nicht zu fragen, wie das Mädchen aussah, und was alles passiert war. Sie versuchte so ihren Schmerz zu verdrängen.

ﺝ

„Ich kann nicht schlafen, hilfst du mir?"

„Nein, ich bin bei meinen Freunden und habe für dich keine Zeit" – antwortete er.

„Aber ich brauche Hilfe. Ich muss schlafen. Ich habe seit 3 Tagen nicht geschlafen."

„Lass mich in Ruhe, du willst mich nur erpressen, ich glaube dir nicht, dass du nicht schlafen kannst." – er legte auf. Er hatte sich verändert und sich einen Stolz zugelegt, er war ja jetzt auf der Heiratsschiene, ein ehrwürdiger und angesehener Mann. Er würde bald eine gute Stelle bekommen, arbeiten und viel Geld verdienen.

Sie schrieb ihm eine lange E-Mail, wollte alles aus sich herausschreiben, alles, was sie bedrückte. Sie wusste nicht, was sie tun sollte. Er war sehr seltsam und sie verstand es nicht. Er schämte sich dafür, dass er keine Prinzessin bekommen hatte. Und er fühlte sich stark, weil er jetzt eine wichtige Person in der Familie geworden war. Zwei gegensätzliche Gefühle. Was für eine Schizophrenie!

ز

„Hast du schon eine Stelle gefunden?" – fragte sie in der Küche, als sie beim Essen endlich Mut fasste.

„Nein, noch nicht, ich habe mich aber schon für viele beworben."

„Wie war es bei deinem Treffen?" – wagte sie endlich zu fragen.

„Wir haben uns nicht verstanden. Sie gefiel mir nicht. Ich kann mich mit ihr nicht unterhalten. Wir sind zu unterschiedlich. Sie ist traditionell und ich kann mir mein Leben mit ihr nicht vorstellen."

„Hat dein Vater deine Ablehnung akzeptiert?"

„Ja, das hat er. Aber er sucht weiter. *Meine Frau muss aus meiner Familie stammen, den gleichen Familiennamen haben. Wir sind eine stolze Familie, und nur diese Frauen sind es würdig, mich zu heiraten"* –, erklärte er ihr. Sie wusste nicht, was sie antworten sollte.

*

„Ich habe die Scheidung eingereicht. Ich möchte, dass du stolz auf mich bist" – schrieb sie ihm.
„Ich will dich nicht mehr sehen. – antwortete er. *Ich habe keine Zeit mehr für dich, mach keine Dummheiten."*

Sie hatte schon einen Termin bei der Anwältin, sie konnte nicht mehr zurück. Sie wollte klare Verhältnisse. Sie erinnerte sich an Scarlett O'Hara aus „Vom Winde verweht" und dachte: Morgen, ja morgen wird alles besser sein. Wir werden uns wieder lieben.

*

Und sie taten es. Sie versöhnten sich wieder. Sie konnten ohne einander nicht existieren. Sie brauchte ihn und er brauchte sie. *„Weißt du, wenn wir zusammen sind, habe ich das Gefühl, du wärst einer von uns. Und ich eine von euch. Keine Unterschiede, ich denke, wir sind Eins"* – sagte sie und kuschelte sich an ihn. Bei seinem Herzschlag konnte sie immer ruhig schlafen. Sie war bei ihm zu Hause und er liebte sie.

„Glaubst du wirklich nicht an Gott?" – fragte sie wieder. *„Ich denke, er will uns etwas zeigen. Wir werden es schaffen, für immer zusammenzubleiben."*

Ja –, antwortete er. „*Ich möchte eine Tochter von dir. Eine wie du.*“ – umarmte er sie und ihre Herzen schlugen im gleichen Rhythmus.

س

„*Ich möchte, dass mein kleiner Bruder nach Europa kommt!*“ – schlug er einmal vor. *Aber ich weiß nicht wie.* – sagte er.

„*Ich kenne ein gutes Stipendium, er könnte versuchen, sich dafür zu bewerben.*“ – antwortete sie schnell. „*Er kommt als Student. Er wird studieren, das ist besser so und würdiger. Verstehst du das? Das ist das Stipendium, er soll sich hier bewerben. Ich helfe, das Motivationsschreiben zu formulieren.*“ Sie war glücklich, dass sie nützlich sein und helfen konnte.

*

Er fand eine Stelle in einer anderen Stadt, anderthalbhundert Kilometer entfernt und sagte zu.

„*Ich werde umziehen –*, sagte er, *aber diese Wohnung behalte ich, damit meine Eltern kommen können. Ich brauche eine feste Bleibe in Berlin, da das Recht nur so den Familiennachzug erlaubt. Ich muss aber eine andere Wohnung in der Nähe meiner neuen Arbeit finden.*“

„*Dann brauchst du Möbel! Ich kenne Menschen, die ein Teil ihrer Möbel umsonst anbieten, da sie umziehen. Ich werde al-*

les für dich organisieren!" – strahlte sie, obwohl sie Angst davor hatte, wie sie sich in Zukunft noch sehen würden.

*

„Mein kleiner Bruder hat sich für das Stipendium beworben, das du empfohlen hast, aber er hat auch ein anderes gefunden, ich bezahle dort die Aufnahmegebühren." – sagte er eines Tages, kurz vor seiner Abreise zur neuen Arbeit.

„Willst du nicht das, was ich gefunden habe?" – fragte sie. Er gab keine Antwort. Er verreiste, und am nächsten Tag blockierte er sie auf allen Kanälen. Sie wusste nicht, was los war. Sie machte sich Sorgen und fuhr in der Nacht zu ihm. Sie war noch nie in dieser neuen Stadt, sie musste alles alleine finden, sie musste ihn finden. Sie hatte Angst, dass er sich das Leben nahm.

ش

„Warum hast du mich blockiert? Ist etwas Schlimmes passiert? Bitte, lass es mich wissen!"

„Ich habe mich verlobt" – antwortete er trocken.

„Mit wem? Mit dem Mädchen, das du besucht hast, oder mit einem anderen aus der Warteschleife?" Das zweite Mädchen, auch eine Cousine von ihm, war in letzter Zeit mehrmals ins Gespräch gekommen, sie lebte in Mekka, ihr Vater war auch Arzt. Ein sehr reicher Arzt. Ihre Zwil-

lingsschwester war schon mit einem der älteren Brüder verlobt. Sie vermutete, sie sei dieses Mädchen, die neue Braut. Er antwortete nicht. Er wollte sie küssen, sie um Entschuldigung bitten. Er sah niedergeschmettert aus. Er wusste nicht, was er antworten sollte. Er wollte ihr die Wahrheit nicht verraten, dass er sich trotz seiner Ablehnung mit dem Mädchen verloben musste, das er vor einem Monat besucht hatte. Er wollte nicht antworten, weil er nicht wusste, was er ihr sagen sollte. Er wollte sie nicht verlieren, aber er wollte eine würdige Frau heiraten, seinen Vater stolz machen. Er wollte, dass sie weggeht und verschwindet. Er brauchte sie nicht mehr. Er war darüber nicht glücklich, aber es war immer noch besser, als eine Frau außerhalb der Familie zu heiraten. Er war verwirrt, weil sein Körper immer noch sie wollte, aber sein Kopf wollte sie nicht mehr.

„Bitte geh weg. Geh weg, für immer" – bat er sie und umarmte ihre Beine.

„Ich hasse dich!" – schrie sie ihn an, *„ich will dich nicht mehr sehen. Wie konntest du mir das antun?"* Sie war am Boden zerstört. Er auch.

Sie fuhr nach Hause und wusste nicht, was sie machen sollte. Sie fand ihren Platz nicht. Sie fand den Namen seines Bruders bei einem sozialen Netzwerk. Dieser Bruder lebte in der Nähe, sie hoffte, dass er sie versteht und ihr helfen wird. Sie hat ihm eine Freundschaftsanfrage gesendet, und er antwortete sofort. Sie war erleichtert aber noch immer sehr verletzt. Sie hat entschieden, dass sie ihm die ganze Wahrheit erzählt. Sie schrieb einen Brief an den Bruder, vor dem sie schon gewarnt worden war, der alles kontrollieren wollte und in derselben Stadt lebte. Sie schrieb ihm alles über ihre Beziehung, über ihre Liebe. Sie hoffte, er könnte ihren Geliebten damit von dieser Zwangsehe retten. Doch dem Bruder zu vertrauen, war ein großer Fehler.

ص

„Trinkst du einen Tee mit mir?" – fragte der Bruder und wollte alles wissen. Er hat sie zum Tee eingeladen. Sie ahnte nicht, dass das ihr Leben vollständig auf den Kopf stellen würde. *„Kommst du mit in die Moschee?"*

„Ja, warum nicht?" – antwortete sie und ging mit. Sie wollte alles über die Tradition wissen, die so wichtig für den Mann war, den sie so sehr liebte. Sie hoffte, so ihren Schmerz lindern zu können. Aber sie wusste, dass sie bei dem Bruder nichts zu suchen hatte. Er war sehr fanatisch und stellte sehr viele Fragen, wollte alles wissen und hatte von allem über Alles eine feste Meinung. Er täuschte vor, lieb und nett zu sein, und versuchte, ihr Vertrauen zu gewinnen. Er hat viele Fragen gestellt. Sie wollte nicht mehr antworten. Sie hatte Angst vor ihm, aber sie wollte ihn nicht verletzen. Sie versuchte, ihn zu verstehen, aber am liebsten hätte sie alles rückgängig gemacht.

„Was machst du hier, womit verbringst du deine Tage?" – fragte sie den Bruder.

„Ich lerne die Sprache und suche Arbeit."

„Kann ich dir helfen?" Und sie half ihm. Die Sprache zu lernen, eine Stelle zu suchen, und sie begleitete ihn sogar zum Arzt. Er bekam jeden Monat Spritzen ins Auge. Sie fühlte sich nicht wohl dabei, sie wünschte, sie könnte alles, was sie ihm geschrieben hatte, vernichten. Sie half ihm, eine Arbeit zu finden, doch der Bruder kündigte immer wieder. Sie stellte bald fest, dass er gar nicht arbeiten wollte. Er bekam ja auch Geld, wenn er zu Hause blieb und nichts tat.

„Weißt du, dass jemand in der Familie bald heiraten wird?" – fragte sie der Bruder. Er erzählte, wie verliebt und glücklich sein älterer Bruder sei, dass er eine gute Frau gefunden habe, die hier studiere. *„Diese Frau kommt aus unserer Familie und hat den gleichen Familiennamen. Bei uns muss das so sein. Wir heiraten nur unsere Verwandten. Nur diese Frauen sind es würdig. Wir haben gute Gene, wir sind die tollsten Menschen der Welt. Siehst du, wie charmant auch ich bin?"* – frage er.

Sie war erstaunt, warum ausgerechnet dieses Mädchen ausgewählt worden war, das „ER" früher nach seinem Besuch abgelehnt hatte. Warum gerade sie die Glückliche sein würde. Sie hatte es falsch eingeschätzt, und es war nun einmal so. Sie fühlte sich elend.

ض

„Wie geht es dir?" – meldete ER sich wieder bei ihr. *„Ich möchte dich treffen. Ich kann diese Frau nicht heiraten, ich muss sie jede Woche anrufen, aber wir sprechen nur über das Wetter. Ich will sie nicht."*

„Ich habe deinem Bruder alles verraten" –, antwortete sie. *„Ich hasse dich."* Sie wollte ihn nicht treffen. Er wollte sie aber sehen und alles über ihren Verrat erfahren. Er wollte alles ganz genau wissen.

„Was hast du geschrieben? Wie konntest du mir das antun? Jetzt wissen alle, dass ich kein Heiliger bin. Was soll ich jetzt machen?"

*

Er musste jede Woche seine Verlobte anrufen. Mangels gemeinsamer Interessen tauschten sie meistens nur über oberflächliche Höflichkeiten aus und sprachen über die Lage in Saudi-Arabien. Er war todunglücklich.

Sie liebte ihn und verzieh ihm. Sie akzeptierte, dass er heiraten würde. Sie hoffte noch auf ein Wunder, dass die Verlobung doch noch gelöst wird.

„Frauen sind wie Schiedsrichter die manchmal die gelbe Karte zeigen, aber niemals die rote." (*M. Mastroianni*)

*

„*Wann wirst du heiraten?*“ – fragte sie.

„*Ich weiß es noch nicht, ich muss noch einen Ring kaufen.*“ – antwortete er und umarmte sie. Er liebte sie. Und sie litt. Sie konnte mit dieser Situation nicht umgehen. Sie wollte es verstehen und akzeptieren, aber ihr Herz zerbrach daran.

„*Wie war die Verlobung? Gab es ein Fest?*“

„*Nein, ich habe mit ihrem Vater telefoniert, und wir haben das Geschäft abgeschlossen. Ihr Vater ruft mich ständig an und fragt, wann ich ihre Tochter endlich wieder anrufe.*“

„*Wie wird es weitergehen?*“ – erkundigte sie sich.

„*Ich weiß es nicht, alles hängt von meinem Vater ab. Er organisiert alles. Wir werden den Vertrag abschließen, nur wir Männer.*“

„*Ich weiß, dass du das Mädchen genommen hast, das du zuerst abgelehnt hattest. Ich weiß es von deinem Bruder. Warum?*“ – fragte sie.

„*Ich hatte keine Wahl, ihr Vater organisiert auch die Heirat der anderen Brüder. Er ist Anwalt. Meine Familie ist ihm sehr dankbar. Ich werde seine Tochter als Dankeschön heiraten. Ich wurde dazu gezwungen.*“

„*Du bist ein freier Mann und erwachsen, du musst das nicht mitmachen!*“

„Doch, ich will das, aber ich will auch dich immer bei mir wissen. Ich kann ohne dich nicht leben. Wir werden immer zusammen sein. Du bleibst meine Frau, auch wenn ich heirate." – sagte er mit bekümmertem Blick.

„Warum verkauft euer Vater dich und deine Brüder an reiche Verwandte, die ihre Töchter sonst nicht loswerden? Diese Mädchen wollen alle in Deutschland leben. Willst du bis Ende deines Lebens ihr Sklave sein?" – fragte sie, bekam aber keine Antwort.

„Wo werdet ihr leben?" – fragte sie.

„Ich weiß es nicht. Wenn meine Eltern kommen, werden wir zusammen in einem Haus leben. Ich werde eins kaufen. Liebst du mich?"

„Ja ich liebe dich."

 b

Sie versöhnten sich und verbrachten sehr viel Zeit miteinander und abgesehen davon, dass er die obligatorischen Telefongespräche mit der Braut führte, war alles wie früher. Sie gehörten zusammen. Dachten sie zumindest. Aber der Bruder in derselben Stadt wollte weiterhin alles unter Kontrolle halten. Er drohte sie und begann, sie zu verfolgen. Er tauchte immer wieder in ihrer Nähe auf, überwachte sowohl sie als auch ihn. Er folgte ihrem Auto. Er gab immer zu wissen, dass er ihren Wagen gefunden hat, egal wo sie ihn versteckte. Es lag oft ein kleinerer oder größerer Ast darauf ... oder bekam sie per SMS die genaue Adresse über den Standort des Autos.

*

Wie viel Uhr ist es? – fragte sie, als sie aufwachten.

„Kurz nach 3, mein Bruder hat angerufen. Zieh dich schnell an und geh in den Garten, er ist schon hier."

„Mitten in der Nacht? Es ist kalt und dunkel. Schicke ihn bitte weg!"

„Das kann ich nicht. Er ist mein Bruder. Er darf dich nicht bei mir sehen."

Sie musste verschwinden. Sie schlich aus dem Haus und versteckte sich hinterm Gebüsch. Sie zitterte. Der Schein der Handylampe des Bruders kreiste im Garten. Sie hoffte, er würde sie nicht entdecken. Sie musste an die Bücher denken, die sie über die Verfolgung im Krieg gelesen hatte. Die Verfolgten mussten sich beim Verstecken auch so gefühlt haben, wie sie gerade. Sie hatte das Gefühl, es ginge um Leben und Tod, sie musste ganz stillhalten. Erst als das Licht verschwand, traute sie sich auf die Straße. Sie lief schnell nach Hause. Sie wollte von niemandem entdeckt werden.

Er reiste am nächsten Morgen ab, und sie rief ihn an. Er hatte sich nicht gemeldet, und sie machte sich Sorgen.

„Wie geht es dir? Alles okay?" – fragte sie.

„Nein. Er hat mich bedrängt und geprügelt. Er will, dass ich dich nicht mehr treffe. Du musst vorsichtiger sein. Er ist mein Bruder! Wenn du mit mir zusammenbleiben willst, musst du das akzeptieren und alles mitmachen!" – gab er zur Antwort.

*

Sie überlegte hin und her, was sie tun sollte. Sie wollte weit weg, ihn vergessen, aber sie konnte nicht. Sie wollte ihn nicht allein lassen. Sie liebte ihn. Sie wollte ihm helfen, sich selbst zu finden. Sie glaubte daran, dass sie beide eine wichtige Aufgabe hatten.

„Es gibt keine verborgenen Sachen, die nicht irgendwann ans Licht kommen, es gibt keine Geheimnisse, die man nicht irgendwann erfährt. Du solltest irgendwann akzeptieren wer du bist, wie du leben möchtest. Du musst nicht schon jetzt alles entscheiden. Lass die Zeit vergehen und die Sachen passieren. Du musst deine Tradition nicht aufgeben, wenn wir zusammenbleiben. Ich werde alles lernen, was du von mir verlangst". – versuchte sie ihn zu trösten. „Ich liebe dich. Mit dir ist es so, als wärst du ICH" – sagte sie zu ihm. „Ich kann auf dieses große Glück einfach nicht verzichten. Wir lieben es, zu lesen, Musik zu hören, wir mögen gutes Essen, kochen, wir haben das gleiche Verlangen, ein ähnliches Temperament, wir lieben uns zu küssen und zu umarmen, wir lieben Filme. Was braucht man mehr fürs Leben?"

„Ich werde versuchen, für uns zu kämpfen! Bitte habe Geduld." – antwortete er.

*

„Ich habe eine Wohnung gefunden, eine halbe Stunde zu Fuß zu meiner Arbeit. Ich kann endlich von dem Dienstzimmer ausziehen. Kannst du den Schlüssel entgegennehmen?"

„Ja, sehr gerne!" – antwortete sie aufgeregt. Es ist so spannend, eine gemeinsame Bleibe zu errichten. Sie organisierte viel. Sie rief alle Bekannten an, die umziehen wollten oder ihre Möbel nicht mehr brauchten. Sie trug ihre Möbel aus der Wohnungen nach unten, und transportierte die kleineren Stücke mit ihrem Auto zu ihm. Dann trug sie die Möbel zu ihm hoch. Manchmal hat sie Helfer gefunden, sie war dafür sehr dankbar. Er hat auch mitgeholfen, sie war sehr stolz darauf, dass er so kräftig und stark war.

„Warum gibt es so wenige Aufzüge? Du hast keinen und die Menschen, die mir Möbel schenken, auch nicht. Ich habe Rückenschmerzen und mein Nacken ist verspannt. Ich habe zu viel getragen" – wandte sie sich an ihn und bekam eine Massage. Sie schmiegte sich an ihn. Die Welt war rund und alles war schön. Sie hatte ständig Angst vor der nächsten Verlobungsrunde, sie wurde immer empfindlicher und reagierte manchmal komisch, auch wenn sie dafür keinen Grund hatte. Sie lebte in ständiger Angst vor dem Bruder, er tauchte immer wieder in ihrer Nähe auf und bedrohte sie.

Er konnte ihr ihren verräterischen Brief nicht verzeihen und sie konnte ihm die Verlobung nicht verzeihen. Aber sie waren verbunden und sie waren beide Verfolgte, so rückten sie zusammen. „Wenn man jemandem alles verziehen hat, ist man mit ihm fertig." *(S. Freud)* Sie waren miteinander noch längst nicht fertig. Sie gehörten zusammen.

ظ

„Kommst du nächste Woche zu mir? Wir können die ganze Woche zusammen verbringen."

„Ja, ich komme." – antwortete sie.

Sie verbrachten eine Woche zusammen, er musste zwar arbeiten, aber die Zeit bei der Arbeit verging schnell, er war glücklich, dass sie bei ihm war. Sie probierten alles miteinander aus und genossen es.

„Du bist eine sehr gute Frau" – bedankte er sich bei ihr. *„Du räumst jeden Tag auf, du kochst toll, du hast die Vorhänge genäht. Du strahlst gute Laune aus und du siehst die Welt mit Neugier an. Ich möchte mit dir leben. Ich liebe dich."*

Alles war so einfach und so selbstverständlich. Sie waren zusammen und sie gehörten zusammen. Niemand wagte es, den großen Schritt zu tun. Alles war gut so, wie es war, und beide hofften, dass es für immer so blieb.

*

„Bitte geh spazieren, ich muss mit meiner Familie telefonieren." – bat er sie jeden Tag. Sie ging und las auf einer Bank auf dem Marktplatz. Manchmal zwei, drei Stunden lang, bis

sie wieder zu ihm durfte. Sie versuchte, ihn zu verstehen, immer wieder, manchmal wäre sie aber am liebsten sofort weggefahren. *„Haben diese Menschen nichts anders zu tun, als immer nur zu telefonieren?"* – fragte sie sich immer wieder.

„Du hast eine Beziehung mit deinem Handy!" – warf sie ihm vor und warf mit einem Schwung sein Telefon in die andere Ecke des Zimmers.

„Tu das bitte nie wieder!" – sagte er wütend.

„Tut mir leid" –, sagte sie. *„Es fühlte sich soooo gut an."*

٣

An einem Wochenende klopfte jemand an der Tür seiner Berliner Wohnung. Es war wieder sein Bruder. Der Vermieter ließ ihn rein, er kam natürlich ohne Anmeldung.

„Geh ins Bad, und bleib still! Wenn er ins Zimmer kommt, rennst du raus und verschwindest" –, bat er sie. Sie machte alles mit. Warum? Weil sie sich schuldig fühlte. Wegen des Briefes. Sie hoffte sehr, dass der Inhalt nicht ans Tageslicht kam. Doch sie hatte sich wieder geirrt. Der Bruder hatte dem Vater schon längst alles verraten. Die Kontrolle wurde immer strenger. Sie schämte sich noch immer für den Verrat. Damals, als sie dem Bruder finanziell half, hatte sie ihm vertraut, dass er das Geheimnis hüten würde. Sie wünschte sich, am nächsten Morgen aufzuwachen und wäre es als alles war nur ein schlechter Traum.

ع

„Ich habe die Verlobung gelöst. Der Vater des Mädchens wollte
Geld von meinem Vater, sie hatten Streit, also muss ich jetzt
nicht heiraten" –, kam seine Nachricht. Sie war überglück-
lich. „Wir müssen uns aber verstecken, da mein Bruder alles
wissen will. Ich will nicht, dass er erfährt, dass ich eine Frau
liebe, die nicht zu unserer Familie gehört. Es wäre eine Enttäuschung für meinen Vater! Bitte, verstehe es."

„Bist du sicher, dass es ein Problem wäre? Vielleicht würde
dein Vater mich sogar mögen?" – versuchte sie die Situation zu entspannen.

„Wie hat das Mädchen reagiert, als du die Verlobung zurück-
genommen hast? Hast du mit ihr gesprochen? Sie fühlt sich
sicher elend und lächerlich ..." – bemerkte sie plötzlich.

„Ich weiß es nicht, ich habe nicht mit ihr gesprochen. Ihr Vater wird es ihr sagen."

Er ist gnadenlos, dachte sie. Es wird für das arme Mädchen noch schlimmer, wenn er sich wieder verlobt und
eine Konkurrentin heiraten wird. Sie wollte nicht in ihrer
Haut stecken, sie musste also zurück nach Hause in die
gleiche Stadt, wo die potentielle nächste Brautkandida-
tin wohnt, die noch dazu eine Verwandte ist. Nachrichten verbreiten sich schnell in der Familie.

ف

„Wollen wir verreisen? Nur du und ich?" – fragte sie. „Nach Rom? Ich liebe Rom, da ist die Vergangenheit so würdevoll präsent und in der Stadt herrscht eine fröhliche Stimmung. Ich möchte dir Rom zeigen!"

„Nein, ich muss mein Geld, das ich verdiene, meinen Eltern schicken und sie jeden Tag anrufen. Sie würden es sofort merken, dass ich nicht zu Hause bin. Mein Bruder ruft mich ständig an, und kommt vorbei. Was sollte ich ihm sagen? Nein, wir fahren nirgendwohin. Vielleicht einmal nach Mekka, ich nehme dich mit zur Pilgerreise." – versuchte er sie zu trösten.

*

„Gehen wir spazieren oder ins Kino? Wir dürfen nicht zu Hause bleiben …"

„Ja, ich verstehe. Ich möchte aber zu Hause bleiben. Glaubst du, dass am Ende alles gut wird?" Sie drehte sich zu ihm und umarmte ihn.

„Ja, das denke ich. Gib mir nur etwas Zeit, ich muss mich ändern. Du machst mich stark, aber ich brauche Zeit. Bitte verstehe es." Sie versuchte, ihn zu verstehen, aber es gelang ihr nicht. Sie machte sich Gedanken, wie es weitergehen sollte. Sie hatte Angst vor dem Bruder, der sie immer beobachtete und prüfen wollte, wo sie sich aufhält. Sie versuchte, viel zu beten.

„Glaubst du wirklich nicht mehr an Gott?" – fragte sie ihn wieder.

„Nein, nicht mehr" – antwortete er mit voller Überzeugung.

„Ich glaube, es muss irgendjemanden geben, der uns hilft. Ich glaube an Ihn." Sie ging in die Moschee, um zu beten. Sie ging auch in die Kirche. Sie betete zu Hause. Egal, wie, wofür und wo man betet, man schließt die Außenwelt aus und ist ganz konzentriert. Man hofft, dass es weiterhilft und es irgendjemanden gibt, der zuhört. Sonst wäre man allein, ohne Hoffnung.

Die Frauen in der Moschee kannten sie schon und waren sehr freundlich zu ihr. Sie wiesen sie immer wieder darauf hin, dass sie sich besser unter ihrem Kleid verstecken sollte, um die Männer nicht zu verführen. Sie verstand es nicht. Sie wusste, dass das Aussehen auch wichtig war, aber Frauen können Männer auch mit ihren Sinnen, Geschick und Wissen verzaubern. Augen sagen viel mehr als Haare oder Handgelenke, und doch bleiben die nicht verborgen. Beim Kennenlernen spielt das Aussehen nur kurz eine Rolle, danach ist es entscheidend, ob ein Paar sich etwas zu sagen hat, sich immer wieder überraschen kann. Eine Beziehung braucht mehr als nur Aussehen. Warum muss man alles verstecken? Das Herz ist verborgen und ist doch das Wichtigste. „Wenn man liebt, sieht man mit dem Herzen." Wenn jemand wichtig ist, liebt man auch den kleinen Zeh und kann allein von dessen Anblick verzaubert sein und es wird einem warm ums Herz. Sie sollte die ganze Zeit ein Kopftuch tragen, um zu zeigen, dass sie nun zu dieser Kultur gehört. „Ein

Zeichen dafür, dass wir über den anderen Menschen stehen. Ein Zeichen, dass unser Glaube der Richtige ist. Ein
Zeihen der Zusammengehörigkeit, der unserer Tradition
gehört. Wir sind die echte und einzig wahre Religion" –
erklärten die Frauen in der Moschee.

Sie dachte viel nach und stellte fest, dass sie nie so leben
konnte, wie diese Menschen. Bedeckt unter unzähligen
Schichten und so zurückhaltend, in ständiger Lüge, da
sich keiner wirklich an all die Regeln hält. Dieses hat sie
immer wieder bemerkt und erlebt. Was aber ihr nicht
störte. Wir sind nun alle Menschen, die Fehler verursa-
chen und unser Leben leichter machen wollen – dachte sie
verständnisvoll. Sie wollte immer die Welt retten, Menschen kennenlernen, doch sie wollte sich nicht schuldig
fühlen, nur, weil sie eine Frau ist. Sie war immer sehr
tolerant, machte nie Unterschiede zwischen Kulturen
und Religionen. Sie war sehr weltoffen, hatte immer viele Fragen und war neugierig. Sie hat immer viele Frage
gestellt und wollte unter diesen strengen Regeln nicht
leben. Sie war eine freie Frau, die ihre Meinung offen
sagt, die über ihrem Schicksal selbst entscheiden wollte.
Sie wollte nicht weggesteckt werden. Sie konnte es auch
nicht vorstellen, dass das Leben sich nur um das Essen
und Familien Quatsch dreht.

*

Sie hatte sich viel Mühe gegeben, ihren Körper fit zu halten und begehrenswert zu bleiben, interessierte sich für
die unterschiedlichsten Themen, damit sie immer etwas
Neues zu erzählen hatte. Sie hatte viel gelesen, er hat

ihr auch viele Bücher geschenkt. Sie hat ihm auch viele Bücher gegeben und hoffte, dass er sie auch liest. Sie hat aber mit der Zeit feststellen müssen, dass er nicht so viele Interesse an ihre Kultur gezeigt hat, als sie für seine Tradition. Sie wollte alles über seine Kultur wissen, damit sie ihn besser verstehen konnte. Wenn man viel Zeit und Mühe in seine Partner investiert, liebt man noch mehr. Irgendwie wächst man zusammen. Sie wollte ihn nicht verlieren. Sie wollte für ihn unersetzlich bleiben. Sie wollte erreichen, dass er sie nie vergessen, auf sie nie verzichten kann.

ق

„Ich habe dir etwas geschrieben" – sagte sie. *„Ich habe noch nie ein Gedicht geschrieben, aber ich wollte dir zeigen, dass ich es auch kann. Möchtest du es hören?"*

„Oh, danke. Ja, zeig es mir bitte."

Sonate von A bis Z

Ob ich dich liebe?
Manchmal weiß ich's selbst nicht.
Warte, ich denke nach.
Unsere Körper verschlingen sich
Wie Wurzeln von einem Baum
Unsere Herzen schlagen im Gleichtakt,
In unseren Augen lodert dasselbe Feuer –
Wenn die Flammen in die Höhe schnellen
Tanzen wir in tiefer Sehnsucht
Im selben verrückten Takt
Und küssen uns zärtlich,
Küssen uns gierig
Mit immer hungrigen Lippen.
Du kannst nichts versprechen
Und das musst du auch nicht.
Ich spüre mich und sehe mich
In deinen Augen.
Meine Zunge kennt jeden Winkel deines Körpers
Und ich kann dich ohne Worte glücklich machen.
Ich muss nur an dich denken
Und du kennst mein Begehren.
Meine Seele umarmt dich,
Ich tauche in deine Umarmung ein,
Dort bin ich sicher, dort bin ich zu Hause.
Ich spüre das Universum und brauche keine Worte.
Wie die Melodie der Musik von Aleppo –
Wir singen uns tief ineinander hinein und
Unsere Namen brennen sich in die Gedanken.
Wir wissen nicht mehr, wie lange wir schon
Nicht ohne einander leben können.

Ist das Liebe?
Die Zeit vergeht und wir wissen nicht mehr
Bist du ich? Bin ich du?
Zusammen fliegen wir zum Regenbogen und
Spazieren durch den Wald des Lebens.
Träume und Erinnerungen begleiten uns,
langsam verkörpern sie unsere Gegenwart.
Zusammen marschieren wir in die unbekannte
Doch immer hoffnungsvolle Zukunft.

Er war gerührt und bedankte sich. Noch nie hatte ihm jemand so etwas geschrieben.

„Siehst du? Wir sind tatsächlich sehr ähnlich. Wir sollten uns genetisch untersuchen lassen, wir sind bestimmt verwandt. Wir sollten es herausfinden. Du bist ich und ich bin du." – erwiderte er.

ﺱ

„Hast du Lust, die Sterne zu beobachten? Ich fahre heute Nacht mit meinen Kollegen Sternschnuppen beobachten, kommst du mit, Süße?" – fragte er.

„Darf ich wirklich deine Kollegen kennenlernen? Ich freue mich schon so sehr darauf."

„Kommst du also zu mir?"

„*Ja, ich komme.*" Sie sahen Meteoriten und wünschten sich etwas. Sie wünschte sich, mit ihm zusammenbleiben zu können. Er umarmte und küsste sie. Er wünschte sich ein gemeinsames Kind. Er wünschte sich Ruhe. Er wünschte sich, dass niemand ihn unter Druck setzt. Nicht sie, nicht sein Vater, nicht seine Brüder.

*

„*Möchtest du mit mir hier im Krankenhaus arbeiten? Es gibt mehrere Stellenausschreibungen. Wir könnten zusammenleben*" –, fragte er. Sie war freudig überrascht, aber sie wollte nicht dorthin ziehen. Sie wollte nichts ändern. Nicht mehr. Hätte sie sich doch für die Stelle bewerben sollen? Hätte sie zu ihm ziehen sollen? Wäre sie glücklich gewesen? Sie ist älter als er. Sie kann wahrscheinlich keine Kinder mehr bekommen. Sie darf ihn nicht an sich fesseln. Er muss irgendwann seinen Weg weitergehen. Aber er sollte seine Frau selbst auswählen. Er wird einmal ein glücklicher Familienvater sein. Sie wusste es und wünschte es ihm von Herzen. Sie wusste auch, dass es schwierig und schmerzhaft für sie würde. Sie wollte ihn nicht aufgeben, aber sie wollte ihn – nach allem was passiert war – nicht mehr an sich binden. Sie verzichtete auf ihr Glück, unbewusst. Wenn man liebt, ist der Andere wichtiger. Sie bewarb sich nicht, obwohl sie sich damit ernsthaft beschäftigte. Es wäre sogar eine passende Stelle dabei gewesen …

J

„Ich habe von meinem Bruder ein Satellitenbild von deinem Auto bekommen, er weiß immer ganz genau, wo dein Auto steht, und er weiß, dass du bei mir bist." – Er zeigte ihr das Bild.

„Wie konnte er mein Auto finden und vom Satelliten aus fotografieren? Hat er irgendein Gerät in mein Auto eingebaut und folgt mir per Satellit? Das ist illegal." – antwortete sie empört.

„Du bist verrückt. Mein Bruder ist mein Bruder, du hast Wahnvorstellungen! Du willst ihn nur vor mir schlechtmachen. Er macht nichts Illegales. Er hat nichts eingebaut ..." – antwortete er. „Lass ihn in Ruhe!"

„Ich gehe aber zu Polizei" –, antwortete sie, „ich habe Angst vor ihm. Ich kann so nicht leben. Ich bin es gewohnt, frei zu sein. Wir leben in einer Demokratie, wir haben hier Gesetze, jeder muss sich an sie halten. Auch dein Bruder."

Er umarmte sie und bat sie, zu verzeihen.

„Du musst mehr über meine Kultur erfahren, sagte er, wir haben andere Gewohnheiten, wir leben unter strengen Regeln. Wir haben alle Smartphones, können einander immer mit Kamera anrufen. Wir wollen alles über die anderen Familienmitglieder wissen. Diese Kontrolle hält die Familien zusammen. Wenn sie mich nicht ständig anrufen würden, würde ich sie vermissen."

ﻡ

Die Zeit verging schnell. Manchmal ohne Aufregung, manchmal mit Streit, der immer wieder wegen des Bruders ausbrach. Sie waren Teil des Lebens des anderen.

*

„Mein kleinster Bruder hat den Studienplatz bekommen, die du avanciert hast, kannst du bitte helfen, dass er auch das Stipendium dazu bekommt?" – bat er sie.

„Ja, ich tue was ich kann. Ich werde ihm helfen." Und der kleinste Bruder bekam alles. Er durfte als Student nach Europa.

*

Sie hoffte, dass jetzt endlich alles gut würde. Sie fand eine Stelle in Berlin. Sie wollte auf eigenen Beinen stehen und unabhängig werden. Sie wollte arbeiten. Vor ihrem Vorstellungsgespräch hatte sie von ihm per Post ein schönes, elegantes Kleid bekommen. Sie trug es beim Vorstellungsgespräch. Das Kleid stand ihr sehr gut.

„Ich habe die Papiere für Familiennachzug eingereicht. Mein Gehalt reicht nur für meine Eltern, für meine Schwester brauche ich jemanden, der für sie bürgt. Sind deine Freunde bereit zu helfen?" – fragte er eines Tages.

„Ich kann dir dabei helfen, aber meine Freunde kennen dich nicht. Du wolltest sie nicht kennenlernen. Ich übersende dir meine Gehaltsabrechnung und den Kaufvertrag meines Hauses. Mit diesen Unterlagen kannst du bestimmt auch ihren Aufenthalt hier sichern." – antwortete sie warmherzig.

„Was glaubst du denn? Du bekommst zu wenig Geld. Ich brauche netto mehr als das, was du brutto verdienst! Mein Vater hat einen Freund, er ist Arzt und sehr reich. Er wohnt in Deutschland. Er wird den Antrag meiner Schwester unterschreiben." – lehnte er ihre Hilfe sofort ab.

„Was ist, wenn dieser Freund denkt, er kaufe deine Schwester als Frau?" – fragte sie besorgt.

„Er ist schon alt, ich traue ihm!" – versuchte er die Unterhaltung zu beenden.

„Euer Prophet heiratete damals die 18 Jahre ältere Frau, Chadidscha. Später, als sie gestorben ist, und er schon mehr als 46 Jahre alt war, heiratete er die sechsjährige Aischa. Wenn ein Mann eine Frau begehrt, zählt kein Altersunterschied." – sagte sie. Sie bat ihn noch einmal.

„Lass mich deiner Schwester helfen! Ich kann sie zu uns einladen. Sie könnte als Babysitter herkommen …"

„Was glaubst du, wer du bist? Meine Schwester ist unsere Prinzessin, sie kommt nicht hierher, um für jemanden zu arbeiten, und schon ganz bestimmt nicht für DICH!
Sie müsste ja nicht arbeiten – antwortete sie leise –, sie kann bei mir als Gast leben, es wäre nur ein Weg, eine Lösung …"

„Bei dir?" – fragte er empört. *„Niemals! Sie ist sehr stolz, sie besteht auf die Nikab, sie wird nie bei dir wohnen oder mit dir reden wollen"* –, beendete er die Diskussion.

*

Sie verbrachten viele Wochenenden miteinander, das Zusammensein wurde aber immer schwieriger. Er hatte Angst. Sein Bruder wurde immer schlimmer, wollte die ganze Zeit bei ihm sein, er holte ihn sogar regelmäßig von der Haltestelle ab, an der er nach der Arbeitswoche in Berlin ankam. Als er wieder in die andere Stadt zur Arbeit fahren musste, begleitete sein Bruder ihn bis zum Bahnhof. Er passte ganz genau auf, dass er ordentlich in den Zug einstieg und keine Gelegenheit hatte, sich mit ihr zu treffen.

Er glaubte, dass an all den unangenehmen Ereignissen ausschließlich sie schuld war.

„Warum hast du meinem Bruder alles verraten?" – beschuldigte er sie immer wieder. *„Er hat schon immer mit mir konkurriert, und jedes Mal, wenn er mich besucht hat, hat er meine Schränke und Schubladen durchwühlt. Er wollte immer meine Geheimnisse erfahren. Er suchte stets nach einem Fehler, damit er mich bei unserem Vater schlechtmachen konnte. Er wollte immer der Bessere von uns sein und mir alles wegnehmen. Er hat keine echten Freunde, er hat nicht studiert, er lebt in meinem Leben, er lebt mein Leben, er lebt von meinem Geld. Er will so sein wie ich. Er hat Angst, dass ich glücklich werde und nicht mehr für ihn sorge, sondern viel mehr für meine eigene Familie. Er täuscht immer vor, er sei krank oder brauche meine Hilfe, nur um mich an sich zu binden."*

ʊ

„Wir dürfen uns nicht mehr sehen. Ich will dich nicht mehr. Geh weg" –, sagte er zu ihr am Telefon.

„Warum? Was ist passiert?"

„Ich werde verprügelt und erpresst, wenn ich mich mit dir treffe. Es kann mich das Leben kosten. Akzeptiere das. Ich liebe dich nicht mehr."

Sie war schockiert. Es geht wieder los. Jedes Mal, wenn sie rausgeworfen wurde, zog sie irgendetwas wieder zurück. Wenn alles schön war, wollte sie weg. Sie wusste auch nicht mehr, was sie wollte. Sie fühlte sich zu ihm hingezogen, aber sie hatte genug. Genug von all den Lügen, dem Verstecken, den Verfolgungen, dass die Wahrheit immer verborgen werden musste, damit keiner etwas über eine Sache erfährt, die im Grunde völlig harmlos war. Etwas, wofür man sich nicht schämen müssen sollte! Sie hatte genug, und beschuldigte ihn, dass er nicht stark genug war, um seinem Bruder Einhalt zu gebieten. Dass er nicht zu ihr hielt und sie nie verteidigte. Sie konnte ihn aber nicht loslassen. Sie wusste, dass er sie brauchte. Besser gesagt: sie wollte es hoffen und glauben. Sie hatte immer weniger Lust, ihn zu treffen. Nicht, weil sie ihn nicht sehen wollte oder weniger Verlangen gespürt hätte. Am liebsten hätte sie ihn ständig nur geküsst. Aber sie hatte Angst vor seinen plötzlichen Reaktionen, seiner Ablehnung, seiner Arroganz. Ja, er hatte sich verändert.

ᴗ

„Hast du Zeit? Ich komme zu dir, du hast heute Geburtstag, und ich möchte diesen Tag mit dir feiern. Wir gehen essen, und ich kaufe dir einen Ring" –, sagte er am Telefon.

„Ich möchte keinen Ring, ich möchte nur mit dir zusammen sein" –, antwortete sie. Sie war glücklich. Sie hat eine schöne Kette und Ohrringe mit einer Sonne bekommen. Sie aßen Austern. Sie hätte so gerne gehört, dass er sie liebt, dass er mit ihr noch Pläne hat. Er sagte es nicht. Er war nett und ganz lieb. Sie war froh, dass er ihr diese Zeit schenkte.

Er sagte nicht mehr, dass er sie liebt, aber er sagte, dass sie noch zusammenbleiben. Er hat immer wieder um Zeit gebeten, um sich zu ändern. Aber irgendwie war nichts mehr so wie früher. Er fühlte sich immer stärker und sie immer schwächer. Sie strahlte nicht mehr. Er hatte angefangen, sie zu verachten. Und es wurde immer schlimmer.

୨

„Du hattest Recht, mein Bruder hat tatsächlich etwas an dein Auto angebracht. Aber er hat es wieder abgenommen. Damit kannst du mich jetzt nicht mehr ärgern" –, verkündete er die Neuigkeit mit Erleichterung.

„Wann hat dein Bruder das Gerät entfernt? Hat er es dir gesagt? Hast du ihn gefragt? Dann hatte ich doch recht. Und du hast mich für verrückt gehalten. Hat er einen Schlüssel zu meinem Auto?"

„Er hat schon eine Weile das Gerät entfernt. Frage nicht mehr danach, bitte. Tatsache ist, du hast nichts mehr in der Hand gegen ihn. Er ist mein Bruder und ich stehe zu ihm, nicht zu dir."

„Ich habe neulich mit eigenen Augen gesehen, dass er zielstrebig auf mein Auto zukam, er wusste genau, wo es parkte. Da bemerkte er, dass ich im Auto saß und entfernte sich wieder. Ich wollte dich damit nicht erpressen, ich wollte nur, dass du ihn aufhältst. Es beunruhigt mich, dass er immer hinter mir her ist und ich mache mir Sorgen, dass etwas Schlimmes passieren wird."

„Es ist vorbei, ich habe gesagt, er hat das Signalgerät entfernt, damit ist die Sache erledigt."

Sie wusste nicht, was sie davon halten sollte. Sie dachte immer, intelligente Menschen wären tolerant, da sie die Argumente beider Seiten berücksichtigen könnten. Intelligente, gelehrte Menschen sind einfühlsam und folgen nicht blind irgendeiner einseitigen Meinung. Sie war der Meinung, keiner hätte das Recht, andere auszuspionieren, sich in das Privatleben anderer einzumischen. Wenn er duldet, dass sein Bruder alles bestimmen und besser wissen will, dass er jeden seiner Schritte kontrollieren will, dann ist er kein bisschen besser als er. „Leben und leben lassen" –, dachte sie mit bitterem Beigeschmack.

ي

Er hatte eine neue Mietwohnung für die ganze Familie in Berlin gefunden, seine Eltern würden bald ein Visum bekommen, der Termin stand schon fest. Bald würden sie zum ihm in die Freiheit reisen, wo man sie versorgen würde. Er brauchte eine große Wohnung. Sie durfte nicht mal die Adresse kennen.

„Wirst du sie mir zeigen?" – fragte sie erwartungsvoll, als sie sich wieder trafen.

„Vielleicht einmal" –, antwortete er, *„ich weiß es noch nicht. Mein Bruder hat auch einen Schlüssel dazu, du darfst da nicht hinkommen."*

„Ich habe mit dir viele Wohnungsbesichtigungen mitgemacht, was wäre, wenn du ausgerechnet eine dieser Wohnungen bekommen hättest? Dann würde ich die Adresse genau wissen."

„Diese kennst du nicht, die hat mein Bruder gefunden."

„Wird er auch dort bei dir wohnen?"

„Nein, ich werde erst mal alleine einziehen. Dann kommen meine Eltern und ich werde mit Ihnen zusammenleben. Nicht mit meinem Bruder" – sagte er, aber er war nicht sicher, dass es wirklich nach seinem Wunsch passieren wird.

„Du machst einen großen Fehler, ich bin deine Verbündete und nicht dein Bruder. Ich bin deine Freundin. Ich liebe dich.

Dein Bruder wird sofort einziehen und mit dir wohnen wollen.
Glaub mir – warnte sie ihn, weil sie die Wahrheit erkannte."

Die Menschen sehen nur, was sie sehen wollen. „Die Augen sind nutzlos, wenn der Geist blind ist." Er wollte nicht einsehen, dass sie sich gegenseitig vollständig ergänzt hatten. Er wollte nicht verstehen, dass sie seine Verbündete war.

Sie war sehr aufgeregt und fühlte sich verletzt. So sehr, dass sie schließlich den Schlüssel der gemeinsamen Wohnung in der Nähe seiner Arbeit zurückgab, worauf er sehr wütend reagierte.

„*Ich hätte dich schon früher auswerfen sollen. Vor einem Jahr! Mit der Zeit bist du nur verrückter geworden" –*, schrie er sie an.

*

Sie versuchte danach noch einmal, sich mit ihm zu treffen um sich zu entschuldigen. Er wollte sie nicht mehr sehen.

„*Nein" –*, schrieb er, „*ich habe keine Zeit für dich".*

Sie konnte den Anblick der Bücher, die sie von ihm bekommen hatte, nicht mehr ertragen. Alle Erinnerungen schmerzten. Sie schickte alles zurück, was sie jemals von ihm bekommen hatte.

„*Was sollte das? Du bist unhöflich und kindisch. Kein vernünftiger Mensch gibt Geschenke zurück. Es war ein Fehler, dass ich vor einem Jahr zu dir zurückgekommen bin. Du kannst mich nicht zwingen, mit dir zu leben, ich bin ein freier Mensch und kann wählen, wen ich liebe und mit wem ich lebe. Meine Stille und Freundlichkeit haben dich getäuscht und dich in dem Glauben gelassen, dass ich dich liebe. Niemand kann dich lieben und ertragen. Ich bin mir jedes Mal sicherer, dass meine Entscheidung, dich rauszuwerfen, die richtige war. Leider kam sie sehr spät. Du stehst zwischen mir und meinem Bruder. Du störst mich. Ich entscheide mich lieber für meine Familie. Ich will Ruhe. Niemand ist schuldig. Du bist es nicht und ich auch nicht. Entspann dich und denk nicht mehr an mich. Ich komme nicht zurück. Lass mich in Ruhe. Egal, was du machst, ich interessiere mich nicht mehr für dich. Bitte, lebe dein Leben einfach und unabhängig. Du bist eine kluge, intellektuelle Frau, binde dein Leben nicht an jemanden, der dich nicht will. Glaub mir!"* – fasste er kurz alles zusammen, was er auf dem Herzen hatte.

Sie konnte nicht verstehen, warum jemand, für den sie mal so wichtig war, keine Zeit mehr für sie hatte. Wie kann es ihm nach so langer Zeit egal sein, was sie machte, was sie dachte? Man kann reden, sie waren mehr als anderthalb Jahre zusammen, sie hatten so vieles gemeinsam erlebt. Sie hatte alles geopfert. Sie hatte ihre Träume aufgegeben. Ihr sicheres Leben, ihren Glauben. Wie kann er das Ganze einfach auslöschen? Wie kann er sie nicht mehr sehen wollen?

„Du wirst immer meine Stimme hören, auch wenn es weh tut, auch wenn es dir nicht erlaubt ist. Du wirst immer bei mir sein, wie ich immer bei dir sein werde. Wo der Wind weht, wo die Sonne lacht. Statt meiner wird die Stille weitersprechen."

Sie versuchte, nicht ständig an ihn zu denken.

ö

„*Komm nicht, ich will dich nicht sehen* –, antwortete er. *Es ist sowieso egal, was du machst, es interessiert mich nicht mehr. Überhaupt nicht!*"

Sie wollte ein letztes Treffen, sie brauchte es. Er lehnte ab, aber sie kam trotzdem. Es war ihr gutes Recht. Sie lebten zusammen in der Wohnung, wo er arbeitete, sie war dort zu Hause. Er konnte sie nicht einfach auswerfen. Und doch konnte er es.

Sie wollte wissen, ob der Zauber wirklich verschwunden war. Ob sie noch auf ihn wirken konnte. Er blieb kalt und seine Augen waren leer.

„*Du kannst mich ruhig schlagen*" –, sagte er.

„*Nein, ich kann dir nicht wehtun. Ich liebe dich. Ich liebe dich sehr. Ich liebe dich unendlich.*"

„*Ich liebe dich nicht mehr, verstehst du es nicht?*" Es amüsierte ihn, er lächelte sogar, als er diese verletzenden Worte so keck aussprach.

„*Paare trennen sich, ich will mich von dir trennen. Ich brauche dich nicht mehr. Ich werde mit meinen Eltern zusammenleben. Sie wollen, dass ich das Mädchen heirate, das aus unserer Familie, aus unserem Clan stammt und das sie mir ausgesucht haben. Ich will es auch so. Weißt du, als ich mich damals mit der ersten Frau verlobt habe, irgendwie wollte ich*

63

es auch. Ich liebe dich nicht mehr. Er grinste ihr ins Gesicht. *Was hast du dir dabei gedacht? Hast du wirklich geglaubt, wir hätten eine gemeinsame Zukunft? Du kannst mit meinen Eltern nicht einmal in ihrer Sprache sprechen!?!"*

Sie liebten sich noch ein letztes Mal, er umarmte sie. *„Verzeih mir!"* – bat er sie leise.

„Nie – antwortete sie, *nie in meinem Leben!"*

Dann ging sie weg. Sie war am Boden zerstört. Warum hatte sie es so lange zugelassen, bis er sie am Ende so demütigt? Sie war selbst schuld. Eigentlich hatte es keine Bedeutung. Wenn man liebt, zählt nicht, wer mehr gibt oder sich mehr unterwirft. Liebe macht beide glücklich. Sie hat ihn glücklich gemacht, dadurch wurde sie selbst auch glücklich. Es machte ihr froh, ihn so sehr lieben zu können! Sie liebte ihn noch lange weiter. Sie vermisste seine Umarmung.

*

Sie hat alle Kontakte abgebrochen. Sie rief ihn nicht mehr an und suchte ihn nicht mehr auf.

Er hatte sie weggepustet wie ein Staubkorn.

Mit ihr hatte er auch sein eigenes Glück weggepustet. Er hatte seine Chance endgültig zerstört, ein normales, modernes Leben führen zu können, was er immer wollte. Es wäre nur noch einen Schritt entfernt gewesen. Er hatte aufgegeben, wofür er diesen langen Weg gegangen war, und ist zu seiner Tradition zurückgekehrt. Er führte nun das gleiche Leben weiter, das er immer ändern wollte. Er lebte zwar in einem anderen Land, aber zusammen mit seinen eigenen Leuten, unter den alten strengen Regeln, unter ständiger Kontrolle und in Abhängigkeit. Sie war sicher, er wird seine zukünftigen Kinder auch zwingen, Dinge zu tun, die sie nicht wollen, ganz so, wie er es von seinem Vater gelernt hat. Er wird seiner Frau nie erlauben auf das Kopftuch zu verzichten.

Fünf Monate nach der schmerzhaften Trennung hatte sie wieder ihre Lebensfreude zurückgewonnen. Sie dachte nicht mehr pausenlos an ihn. Sie hatte zwar heimlich auf eine Versöhnung gehofft, aber sie konnte sich nicht mehr vorstellen, so zu leben, sich ständig verstecken zu müssen, wie es ging, als sie noch zusammen waren. Sie wollte nicht mehr mit jemandem zusammen sein, der sie nicht respektierte. Sie hoffte, dass er stolz auf sie wird. Sie wünschte, seine Eltern würden sie kennenlernen wollen, sie zum Essen einladen und sich für alles bedanken, was sie für diese Familie getan hatte. Sie wusste aber, dass das nie passieren würde. Sie existierte für sie nicht. Sie war ein Niemand. Mit diesem Gedanken hörte sie dann endgültig auf, sich Hoffnungen auf eine gemeinsame Zukunft zu machen. So war es einfacher für sie, die Realität zu akzeptieren. Der kleinste Bruder, der das Stipendium bekam, hat mit ihr einmal getroffen. Er hatte sich bedankt und bat sie ihm zu helfen. Er sagte, sie sei verantwortlich, ihn hierher zu holen, sie sollte ihn von seiner eigenen Familie zu retten und in der Freiheit leben zu können, wie seine Studentenkameraden es tun. Sie konnte und wollte ihm dabei nicht helfen. Sie war froh, dass sie nicht in seinem Land geboren wurde. Die Zeit ging schnell vorbei und sie fand sich wieder ein.

Plötzlich klingelte das Telefon. Sie zögerte, den Anruf anzunehmen. Sie sah auf dem Display, wer anruft. Dann hörte sie seine Stimme am anderen Ende.

„Wie geht es dir?" – fragte er. Sie hatte Angst, doch sie antwortete:

Danke, gut.

Sie unterhielten sich über die Zeit ohne einander. Sie erzählte alles, was in ihrem Leben passiert war.

„Ich habe drei Monate lang jeden Tag an dich gedacht und wollte nicht mehr leben –, sagte sie. *Der vierte Monat war schon besser. Ich habe angefangen, mein Leben neu zu organisieren und mir neue Ziele zu setzen. Ich werde wieder studieren. Wie geht es dir? Bist du erneut verlobt?"*

Nein –, log er sofort. Er wollte es noch nicht verraten. Er wollte sie weiter ausfragen. *„Mir geht es prächtig. Ich genieße die Zeit. Ich wohne mit meinem Bruder zusammen. Er arbeitet jetzt. Unsere Eltern kommen bald. Ich habe die Aufenthaltsgenehmigung bekommen. Ich kann nicht mehr zurückgeschickt werden. Meine Eltern haben ein Visum, sie können für immer in Deutschland bleiben. Sie warten noch auf das Visum für meine Schwester, dann reisen sie* zu mir. Sie werden bei mir wohnen. Wir werden endlich alle zusammen sein."

„Warum hast du mir nie die Adresse deiner Wohnung verraten?"

„Du bist verrückt und unberechenbar. Ich will nicht, dass du zu uns kommst" –, antwortete er.

„Ich habe dich nie ohne Ankündigung besucht. Ich hatte Schlüssel zu deiner Dienstwohnung. Du verwechselst mich mit deinem Bruder. Er scheint mich noch immer verfolgen zu wollen."

„Du hast Halluzinationen. Er schläft nur in seiner Freizeit." – antwortete er wütend.

„Liebst du mich noch?" – fragte er dann.

„Ja, ich liebe dich, und werde es immer tun. Liebe ist etwas, was nicht so schnell verschwindet. Liebe bleibt, auch, wenn wir uns nie mehr wiedersehen. Dieses kannst du aber nie verstehen. Liebe ist eine besondere Verantwortlichkeit bis zum Ende unseres Lebens." Sie sprach leicht und fröhlich.

„Du darfst mich nicht mehr lieben. Ich liebe dich nicht und will mit dir nie mehr zusammen sein. Ich habe endlich meine Ruhe. Du hast mich damals meinem Bruder verraten. Ich kann dir nicht verzeihen.
Ich wollte dich letzte Woche anrufen und dich sehen. Ich will, dass wir Freunde bleiben. Hast du Zeit für ein Treffen?"

„Ich habe keine Zeit. Tut mir leid. Vielleicht später. Warum wolltest du mich sehen?"

Er reagierte wütend. Er wollte sie sehen. *„Nächstes Mal bin ich erst Ende des Monats in Berlin. Dann wird es schon zu spät sein."*

„Wofür?" – fragte sie.

„Ich bin wieder verlobt" –, gab er endlich zu. *„Vor zwei Wochen habe ich mit meinem Onkel gesprochen und um die Hand seiner Tochter gebeten. Sie ist von unserem Clan. Mein Onkel ist Arzt. Ich werde meine Cousine aus Mekka heiraten. Ihre Zwillingsschwester ist mit meinem älteren Bruder verheiratet, ist vor kurzem in Dänemark angekommen. Sie leben jetzt in einer kleinen Stadt nahe der deutschen Grenze zusammen. Ihre Zwillingsschwester möchte auch nach Europa. Ich bin total verschuldet. Es ist ein hervorragendes Geschäft. Sie ist hübsch und nett. Ich telefoniere jeden Tag mit ihr. Sie ist aus meiner Familie. Mein Vater und meine Mutter sind stolz auf mich, dass ich sie heirate. Ich will sie haben. Sie wird mir nie widersprechen. Sie ist eine würdige Frau. Früher habe ich mit ihr nie gesprochen. Ich habe sie einmal getroffen, als wir noch Kinder waren, damals hat sie mich nicht interessiert, ich war nie neugierig auf sie. Jetzt möchte ich sie heiraten. Ich habe mich mit ihr verlobt, damit ich mit ihr sprechen kann und sie kennenlernen kann, bevor ich den Ehevertrag mit ihrem Vater abschließe."* Er hat alles kurz und gefühllos zusammenfasst. Seine Stimme klang aber nicht besonders glücklich.

„Also die zweite Verlobung innerhalb so kurzer Zeit. Vielleicht hast du schon deinem Onkel dieser Ehe zugesagt, als ich raus aus deiner Wohnung war? Deswegen hast du mich monatelang nicht gesucht? Bitte lüge mich nicht mehr an! Fährst du jetzt nach Mekka, um den Ehevertrag zu unterzeichnen? Oder hast

du es schon getan? Willst du lebenslang Sklave deines reichen Onkels sein?" – Sie fühlte sich vernichtet und eine Welt brach zusammen. Also noch jemand zum Telefonieren. Wann hat er überhaupt Zeit für sich und seinen Beruf? Es ging ihr viel durch den Kopf. Sie verstand nicht, warum sie davon erfahren musste. Sie wurde wieder gedemütigt und zerstört. Wie kann er behaupten, dass nur die Frauen seiner Familie würdig sind? Was hat dieses Mädchen für ihn getan? Gar nichts. Vielleicht liebt sie ihn gar nicht. Sie wusste nicht, was sie antworten sollte. Ihr fehlten die Worte.

„Wollen wir uns treffen?" – fragte er wieder.

„Nein, ich will nicht mit dir treffen und mit dir befreundet sein. Ich finde es schrecklich, dass man in einer Familie untereinander heiratet. Ich finde es respektlos, sich so kurz hintereinander zweimal zu verloben und parallel dazu ein Verhältnis mit einer dritten Frau zu haben. Ich hatte die Schlüssel zu deiner Wohnung, die haben wir gemeinsam für uns eingerichtet. Mich schmerzt der Gedanke, dass du in unserem Bett eine andere Frau lieben wirst. Ich finde es geschmacklos, dass du mich sehen wolltest, um mir genau das ins Gesicht zu sagen und dabei du mit eigenen Augen sehen wolltest, wie ich leide. Ich halte dich für ein Monster. Du bist lächerlich und unglaubwürdig. Dein Wort hat keinen Wert. Wie konntest du mir das antun? Warum wolltest du meine Seele wieder mit Füßen treten?"

„Ich will jetzt essen. Dann muss ich noch mit meiner Verlobten telefonieren" –, sagte er gefühllos und verabschiedete sich. *Tschüss.*

Verlobte Nummer 2 – dachte sie und legte auf.

„Er hat sich wieder verlobt und wird bald seine Cousine hei-
raten" –, fasste sie für sich selbst kurz zusammen. Das
ging aber schnell, sehr schnell. Es schmerzte ihr plötzlich nichts mehr. Sie war erleichtert. Die große Last war
endgültig weg. Gott hat sie vor ihm gerettet.

MANDALA

Das ganze Leben ist ein vollständiger Kreis. Auch wenn er oft nicht abgerundet endet. Es gibt Menschen, denen nur Minuten, Stunden, Tage, Wochen, Monate zur Verfügung stehen, und es gibt welche, die viele lange Jahre bekommen. Jeder hat eine Botschaft für sich oder für die anderen. Eine Minute ist genau so wertvoll, wie lange Stunden und Tage. Jeder Mensch hat gute und schlechte Eigenschaften. Nicht das Beste aus den Gegebenheiten herauszuholen, ist ein Versäumnis. Oft liegt das nicht an uns. Was wichtig und was unwichtig ist, werden wir nicht gleich erfahren. Oft erst Jahre später merken wir, wie entscheidend ein Geschehen, ein Treffen, eine Tat, die Berührung einer anderen Seele, das Schicksal eines Anderen unser Leben beeinflusst hat. Es stellt sich erst später heraus, ob es eine flüchtige Begegnung war, lange gemeinsame Jahre bleiben werden oder alles im Nebel des Vergessens verschwinden wird. Erst am Ende zeigt sich, was in Erinnerung geblieben ist. Einige haben gar nicht das Glück, am Lebensende zurückblicken zu können. Jeder hat aber eine letzte Minute, in der die wichtigsten Ereignisse seines Lebens noch einmal in Erscheinung treten.

Haben wir Zeit für die anderen und für uns selbst? Geben wir uns Mühe, die Botschaft unserer Seele zu verstehen? Können wir wiedergutmachen, was wir versäumt haben?

Bekommen wir noch eine Chance, unsere Fehler zu korrigieren? Leider sehr oft nicht. Merken wir es überhaupt, wenn wir etwas falsch gemacht haben? Nicht jeder hat die Chance, eine falsche Weichenstellung rechtzeitig zu bemerken. Und er hat damit auch keine Möglichkeit, etwas wieder gutmachen zu können. Das schlimmste ist, wenn es nicht zugelassen wird, einen Fehler zu korrigieren, sich zu versöhnen, Probleme zu lösen. Die Hauptperson dieser Geschichte ist ein Glückseliger, er hat diese Chance bekommen. Andrei war Straßenmusiker. Vor langer Zeit hatte er alles verloren, was er besaß. Er machte Musik in der S-Bahn, mit seiner Geige. Er lebte von den Almosen der Menschen, die mit ihm Mitleid hatten. Wenn wir ihn nach seinem Beruf fragen würden, fiele es sogar ihm schwer, diesen zu definieren. Er ging von einem Waggon in den anderen, spielte schöne alte Melodien und unterhielt sich mit den Passagieren. Er verdiente damit gerade so viel, dass er sein Essen und sein Quartier davon finanzieren konnte. Die Reisenden hatten sich an seine abgemagerte Gestalt und sein graues Haar gewöhnt. Er hatte traurige, aber wunderschöne fragende Augen. Er trug seit Jahren die gleichen alten grauen Klamotten, die er jede Woche gründlich wusch. Im Winter hatte er einen abgewetzten schwarzen Hut auf und einen purpurroten schäbigen Schal um den Hals. Er war nicht aufdringlich. Er hielt niemandem einen Becher unter die Nase. Die Menschen gaben ihm aus freien Stücken Kleingeld, nie bettelte er. Einst sah er bestimmt sehr charmant aus, wenn er lächelte, zeigten sich kleine Grübchen. Gelächelt hatte er aber schon so lange nicht mehr, dass sein trauriges Gesicht zur Maske erstarrt war. Als er noch jung war, gab es in seinem

Leben eine große Liebe. Da er sich aber nicht reif genug für eine Heirat fühlte, lief er vor der Verantwortung auf und davon, sodass niemand seinen Verbleib kannte. Es verschlug ihn in eine andere Stadt, in der er Arbeit fand. Er verliebte sich wieder und gründete eine Familie. Die Ehe hielt nicht lange, sie zerbrach sehr bald. Er ließ sich scheiden, seine Frau nahm sich alles, was sie hatten. Andrei wurde obdachlos. Er zog wieder um. Jetzt ist er eine Berühmtheit im öffentlichen Verkehr der Hauptstadt. Er arbeitet in den Waggons, macht Musik für die Passagiere. Er hat eine wunderbare Stimme und spielt sehr schön auf seiner Geige. Sein Glück war, dass seine Mutter darauf bestanden hatte, dass er als Kind ein Instrument lernt. Seine Eltern leben schon lange nicht mehr, aber dieses Erbe begleitet ihn noch immer. Dafür war er sehr dankbar.

Am Anfang machte er nur Musik für die Fahrgäste, aber dann begann er allmählich, sich für die unterschiedlichen Schicksalswege der Menschen zu interessieren. Einige fuhren nur wenige Haltestellen mit, andere legten längere Strecken zurück, ja es gab sogar Menschen, die zusätzliche Stationen mitfuhren, weil sie mit ihm mehr Zeit verbringen und ihre Geschichte zu Ende erzählen wollten. Sie erzählten und erzählten, machten ihn mit den wichtigsten Ereignissen in ihrem Leben bekannt. Und er konnte so schön zuhören. Es tat so gut, ihm einen Teil ihres Schicksals anzuvertrauen. Schnell hatte er erkannt, dass es den Menschen fehlt, dass ihnen jemand zuhört. Jedes Leben beschreibt eine Kreisform, wir sind von Geburt bis zum Tod für unseren Weg zuständig. Wir geraten sehr oft in Sackgassen, und um aus diesen her-

auszukommen, hilft es uns oft, für jemanden alles zusammenfassen zu können. So wird das Bild klarer und wir finden schneller eine Lösung. Mit Hilfe der Erzählung machen wir manchmal sogar den ganzen Prozess für unsere Seele und unseren Verstand erst begreifbar. Die Fahrgäste schätzten an ihm sehr, dass er die verschiedenen Geschichten nicht weitertrug, dass er nie neidisch oder böse auf ihre Storys reagierte, dass seine Mimik unbeweglich blieb, während er zuhörte. Er blieb stumm, sein Blick wirkte verständnisvoll und voller Zuversicht, dass der Erzähler eine Chance haben würde, seinen Fehler zu korrigieren. Er hoffte, diese Menschen würden in der letzten Minute ihres Lebens nicht daran denken müssen, was sie im Leben verpasst, sondern was sie erreicht haben und dass sie alle schon früher die Chance zum Umlenken oder Einlenken haben würden. Erstaunlich viele Fahrgäste wollten etwas mit ihm teilen.

Jeder Tag brachte eine neue Geschichte, die er mit großer Aufmerksamkeit anhörte. *„Ich musste lange warten, bis ich endlich ein Kind bekam"* – erzählte ihm eine Frau. *„Ich habe viele Ärzte aufgesucht und viele Therapien durchgemacht. Jeder hat was Anderes empfohlen, bis ich endlich schwanger geworden bin. Ich konnte nicht mehr arbeiten, da meine Kollegen ständig meinen Bauch anstarrten, ob schon ein Baby unterwegs wäre. Ich konnte es nicht mehr ertragen und habe gekündigt. Dank des künstlichen Befruchtungsprogramms habe ich einen wunderschönen Sohn bekommen. Inzwischen hat mein Mann sich bei einer anderen Frau trösten lassen. Er hat mich verlassen. Ich gebe nicht auf, ich werde glücklich sein. Ich gehe wieder arbeiten und werde für meinen Jungen sorgen. Ich weiß nicht, wie er ohne Vater aufwächst,* *aber ich hoffe, dass er ein guter Mann wird"*. Er spielte für diese Frau fröhliche Lieder, wofür sie sehr dankbar war.

Ein Schriftsteller stellte ihm sein neues Buch vor. *„Ich habe über einen Nationalhelden geschrieben, auf dessen Gedenktafel eine merkwürdige Inschrift stand. ,La donna mobile`. Niemand wusste, wer es gewagt hatte, etwas auf dieses Denkmal zu schreiben. Später habe ich erfahren, dass ein Ingenieur hoffnungslos in Susanne verliebt war, die in der Nähe arbeitete. Sie hatte Angst, diese Beziehung einzugehen, da ihre Mutter eine Erbkrankheit hatte. Sie wollte nie Kinder bekommen, weil sie diese Krankheit nicht weitergeben wollte. Sie hatte die Liebe des Ingenieurs abgelehnt. Der arme Mann wartete wochenlang auf der Straße in der Hoffnung, sie zu sehen zu bekommen. Vergebens. Er war eifersüchtig und enttäuscht. Er verewigte seine Sehnsucht auf der Gedenktafel."* Der Mann stieg aus, ohne ein Lied zu bestellen. Andrei schaute ihm lange nach, bevor er sich wieder seiner Geige zuwandte.

Neben ihm begann ein Mädchen zu weinen. Sie hatte heute ihre Aufnahmeprüfung und ist durchgefallen. *„Ich weiß nicht, was mit mir werden soll. Ich kann doch meine Eltern nicht so enttäuschen. Wie kann ich ihnen diese Niederlage beichten? Meine Zukunft ist zerstört."* Andrei verstand nicht, warum sie so traurig und verzweifelt war. Sie könnte ihre Zeit doch zum Beispiel zum Reisen nutzen. Sie könnte einen Job in einem Schönheitssalon bekommen, wo sie von einem weltberühmten Stylisten entdeckt werden könnte. Ein inkognito reisender Filmstar könnte um sie anhalten oder vielleicht sogar ein Millionär. Warum war sie so verzweifelt, dass sie die Prüfung für die medizinische Universität nicht bestanden hatte? Dass

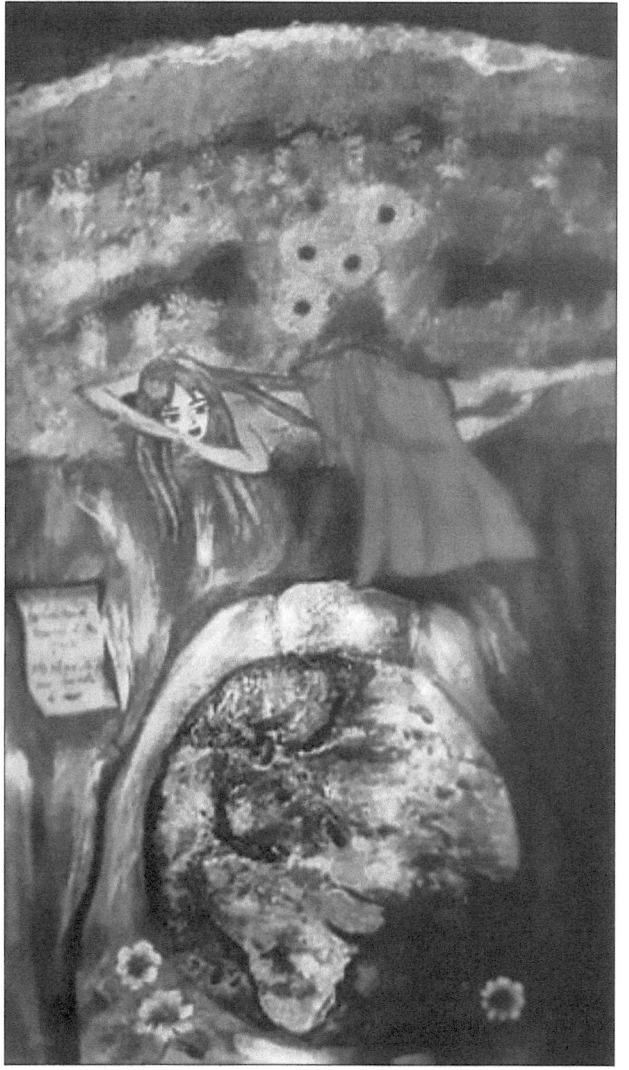

sie nicht sofort zwischen verschiedenen Reagenzgläsern voller Viren und Bakterien verschwinden musste? *„Du wirst einmal verstehen, dass jede Niederlage einen neuen Weg eröffnet. Manchmal sogar einen besseren, als der für uns von unseren Eltern bestimmte."* Er sah sie mit seinen warmen braunen Augen an und spielte für sie ein Lied voller Leidenschaft. Jahre später traf er dieses Mädchen wieder. *„Ich war in Myanmar und habe dort in einem Waisenheim gearbeitet. Ich habe vielen Kindern helfen können und viele neue Freunde gefunden. Ich habe gelernt, dass die Welt wunderbar ist und nur darauf wartet, dass ich sie entdecke. Es hat sich gelohnt zu reisen und mein Studium zu verschieben. Ich bin reifer geworden. Ich habe nun eine erfolgreiche Aufnahmeprüfung hinter mir und bin noch gar nicht zu alt, um eine richtige Ärztin zu werden. Ich habe jetzt ein gutes Herz und eine offene Seele für diese Berufung."*

„Haben Sie Jane Fonda in der Zeitung gesehen? Sie ist 78 und sieht wunderschön aus", sagte ihm eine Frau, vielleicht Mitte fünfzig, die gerade auf der Heimfahrt von der Arbeit war. *„Nein, das habe ich nicht gelesen. Ich lese schon lange keine Zeitung mehr. Ich brauche sie nicht."* Die Passagiere berichteten ihm ja über alles, was in der Welt passierte. *„Es ist aber eine große Leistung, dass diese Frau noch immer so fit ist"*, fuhr die unbekannte Frau fort. *„Viele hören schon nach der Geburt ihrer Kinder auf, sich zu pflegen, viele sagen über vierzig, dass sie schon alt wären, um sich ständig um ihren Körper zu kümmern. Es gibt Frauen, die sich in vorangeschrittenem Alter noch immer wie Teenager benehmen, sie pressen ihren Körper in viel zu enge Hosen, gehen ständig aus und leben in den Tag hinein. Wir sollten sie nicht verurteilen, sie sind glücklich, sie glauben es zumindest. Man-*

che sind verrückt nach Fitness, trainieren jeden Tag in der Hoffnung, ihr Übergewicht schon im Voraus abarbeiten zu können. Viele boxen, heben Gewichte, versuchen, sich immer mehr Muskeln anzutrainieren, um sexy zu wirken. Und dazu kommen die Ausgaben für Biokost, was für ein Gewinn für die Hersteller! Jane Fonda ist anders. Sie ist wunderschön, ihre Schönheit kommt von innen." Andrei betrachtete die Frau näher, ihr Haar war ergraut, ihr Alter schätzte er auf 50. Sie war nicht hübsch, trug einen brauen Pullover und abgewetzte Schuhe. Andrei könnte eine Studie über Schuhe schreiben. Er sah immer zuerst auf die Schuhe, dann auf den Menschen. Die Schuhe der Frau sahen wie alte Schiffe aus. *„Warum kümmerte sich diese Frau denn nicht mehr um ihr Aussehen?"* – fragte sich der Straßenmusiker –, *„obwohl sie früher sehr schön gewesen sein musste. Ihre Gesichtszüge verrieten diese Anmut noch immer. Sie könnte mehr aus sich machen"* –, beendete er seine Gedanken.

Eine andere Frau schleppte zwei große Bäume mit sich, konnte kaum in den Wagen einsteigen. Interessant, dass sie nicht kleinere Bäume gekauft hat. *„Kirschbäume",* sagte sie kurz, *„ich kann sie dieses Jahr noch in meinen Garten einpflanzen. Ein Gärtner hat mir empfohlen, sie zu kaufen, im Herbst ist es am besten, sie noch schnell in die Erde zu stecken. Die ganze Familie liebt Kirschen, wir haben schon Pflaume und Apfelbäume, sie werden sehr oft nur von Vögeln besucht und gegessen. Wir fällen sie nicht, damit die schönen Vögel sich auf ihren Ästen ausruhen können. Zwei kleine Eichhörnchen kommen auch sehr gerne und klettern auf diese Bäume, sagten meine Kinder, obwohl ich selbst sie noch nie zu sehen bekommen habe. Meine Familie behauptet, dass sie existieren."* Was für ein Tag –, dachte Andrei, Bäume zu pflanzen ist

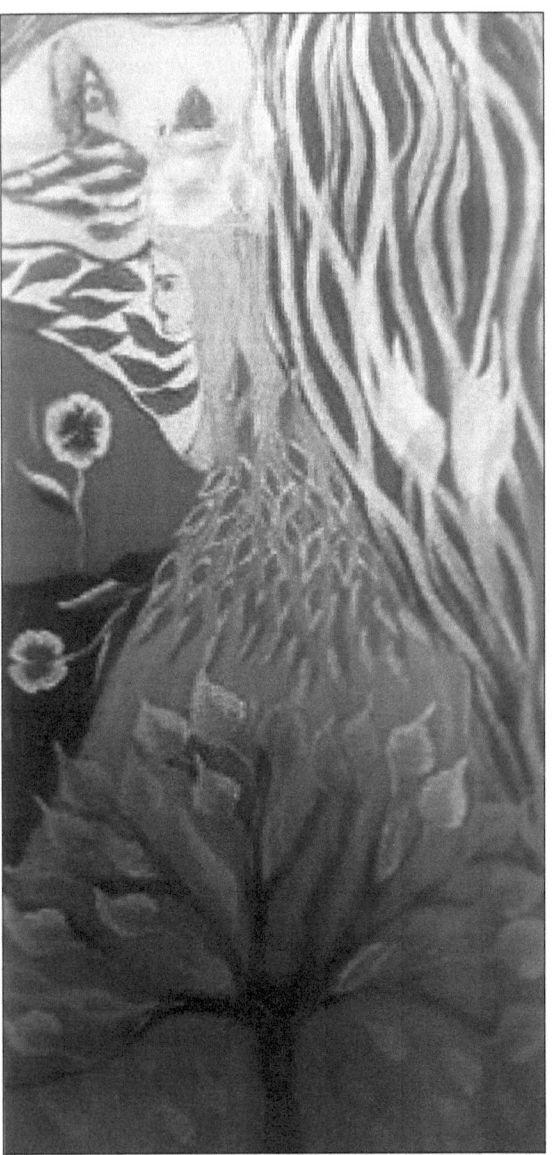

sehr nützlich, bestimmt könnte er sich in einem schönen Garten mit alten Bäumen sehr wohl fühlen.

Eine nette blonde junge Frau erzählte ihm, seit sie nicht arbeite – ihre Firma sei pleitegegangen – finde sie ihren Platz nicht. *„Ich lese viel, gehe sehr oft ins Theater, ins Kino, in Ausstellungen, ich besuchte zahlreiche Länder. Trotzdem bin ich nicht glücklich. Mein Mann ist sehr geduldig, er tut alles für mich. Er möchte gern Kinder, aber ich fühle mich noch nicht bereit für die Mutterrolle. Zuerst möchte ich meine Träume verwirklichen, mich selbst finden, aber ich habe den Weg verloren. Es ist nicht einfach, dann mit Mitte Vierzig einen neuen Beruf zu erlernen"* –, sagte sie traurig. Sie hofft auf ein Wunder, dass ihr Leben wieder in die richtige Bahn zurückkehrt. Andrei schaute sie an und wünschte ihr von Herzen, dass sie selbst einsehen würde, dass man einfach auf sehr wenige Dingen vorbereitet sein kann. Die Sachen passieren einfach und wir müssen uns „unterwegs" anpassen. Wir müssen sehr oft improvisieren, dabei dürfen wir unsere Herzen nie verraten. Irgendwie wissen wir in unserem Innersten, was wir zu tun haben. So ist es auch mit der Kindererziehung, Mütter haben neun Monate Zeit, sich auf die Mutterrolle vorzubereiten, und die mütterlichen Instinkte werden sich schon entwickeln, wenn alles gut läuft. Manchmal aber auch nicht, leider gibt es sehr viele Mütter, die ihre Kinder nicht lieben können, sie vernachlässigen. Wir dürfen niemanden verurteilen, bevor wir das Schicksal dieser Frauen kennen, was sie von zu Hause bekommen haben, ob sie freiwillig geheiratet haben oder zwangsmäßig vermählt wurden. Wie viele kleine Kinder leiden Hungersnot auf dieser Welt – dachte Andrei bitter, sehr viele von ihnen müssen hart arbeiten, um am Leben bleiben zu können. Viele Kinder werden geschlagen ... Er dachte an seine Tochter und hoffte, dass sie in Liebe großgezogen wurde. Er kämpfte mit den Tränen, und das Herz schmerzte ihn. Er vermisste seine Tochter.

Am nächsten Tag hatte er keine Lust, Musik zu machen. Er saß nur in der Bahn und schaute aus dem Fenster. Die Bäume waren grün und viele noch in Blüte. Er war traurig. An einer Haltestelle stieg ein kleiner taubstummer Junge ein. Seine Schwester begleitete ihn. Sie nahmen gegenüber Andrei Platz und unterhielten sich in der Zeichensprache der Taubstummen, die nur sie verstanden. Er konnte nicht ruhig sitzen. Die ständigen Handbewegungen störten Andrei beim Nachdenken. Was für ein Tag, dachte er. Es war Feierabend, und alle Passagiere schienen müde. Alle hofften, schnell zu Hause zu sein. Das Wochenende steht vor der Tür, dachten alle und konnten kaum erwarten anzukommen. Da schenkte das Mädchen ihrem kleinen Bruder einen Luftballon. Er begann, damit zu spielen, und dann stupste er den Ballon zu Andrei hinüber. Vorsichtig, da er nicht wusste, wie der fremde Mann reagieren würde. Andrei war überrascht, passte den Ballon dann zurück. Der Junge lachte von Herzen. Nach und nach bezog der Kleine den ganzen Wagen mit ein. Jeder bekam mal den Ballon und warf ihn zu ihm zurück. Die Stimmung hellte sich auf. Alle hatten ein Lächeln im Gesicht. Als schwebe ein Engel über diesen Menschen, die fröhliche Seele des Jungen. Als er ausstieg, winkten ihm alle fröhlich nach. Der Tag war gerettet. Jeder fühlte sich warm ums Herz. Das Wochenende konnte beginnen.

Tage und Wochen vergingen, und es änderte sich nichts. Er fühlte sich nicht so schlecht, dass er sein Leben ändern wollte. Er war für niemanden verantwortlich, er hat keinen Vorgesetzten, keine festen Arbeitszeiten, niemand erwartete etwas von ihm. Er hatte keine Familie, er musste für niemanden sorgen. Er zwang sich zu denken, alles sei gut, wie es ist. Insgeheim aber hoffte er auf ein Wunder, das sein Leben verändern würde. Es passierte jedoch nichts. Die Reisenden kamen und gingen, kreuzten seinen Weg mit ihren Geschichten. Es gab solche, die er ins Herz schloss, und andere, die seine Seele nicht berühren konnten. Er wollte so gerne helfen, befürchtete aber, für seine Hilfe Hass zu ernten. Er hätte so gerne Ratschläge gegeben, aber er gab sie nicht. Jeder sollte selbst herausfinden, was er wollte. Er wollte unauffällig bleiben. Wenn man sich einmischt, dann trägt man alle Probleme weiter mit sich herum. Er hatte keinen Platz, er hatte keinen Koffer.

Am Anfang hatte er seine Notunterkunft mit anderen geteilt. Er träumte oft von Indien. Da war er einmal als junger Mann. Er hatte in diesem fernen, wunderbar geheimnisvollen Land zwei Monate im Rahmen eines Studentenprogrammes verbracht. Er war ein guter Student, er wollte die Welt kennenlernen. Damals erreichte er alles, was er wollte. So bekam er auch dieses Stipendium. Er war mit seinen riesigen Koffern um Mitternacht auf dem Flughafen in Delhi angekommen. Ein Fahrer wartete auf ihn und brachte ihn ins Hotel. Das Hotel war nicht sehr elegant, aber einigermaßen komfortabel und lag zentral. Die anderen Studenten hatten ihn schon erwartet. Er konnte nicht einschlafen, das lag an der Zeit-

verschiebung, und er hatte Hunger. Sehnsüchtig hatte er auf das Frühstück gewartet. Nach dem Essen machte er einen mehrstündigen Spaziergang. Er genoss es, wie die mehrere tausend Jahre alte Kultur auf ihn wirkte. Sein Lieblingsort wurde der Nehru-Park. Er saß da im Gras wie all die anderen Menschen, in Gesellschaft von Kühen, Vögeln und Insekten. Es war ruhig und rund. Er vermisste nichts.

„Sag mir, was bedeutet es zu leben? Blühende Bäume zu sehen, die Ruhe zu fühlen, die Sonnenstrahlen zu genießen, die durch die Wolken brechen und zu uns kommen. Mit der Erde eins zu sein. Um mich sind Wasser tragende Jungen, ein Eichhörnchen beobachtet mich. Ich bin hier fremd, trotzdem störe ich hier niemanden", notierte er damals in sein Notizbuch.

Er lernte in diesem Park ein Mädchen kennen, ein zierliches Geschöpf mit langem schwarzem Haar. Sie stammte aus Mexiko. Sie wollte sich einfach mit ihm unterhalten. Es war ihr letzter Tag in Indien, sie kannte alle Ecken in Delhi. Sie bot sich als Reiseleiterin an, und sie verbrachten den ganzen Abend zusammen. Sie hatten eine Rikscha genommen, ein Taxifahrrad, und fuhren damit in die Altstadt, dann ins Zentrum des neuen Stadtviertels. Sie bummelten über den Markt und spazierten durchs India Gate. Sie berührten das Qutub Minar und besichtigten das Rote Fort. Sie waren die letzten Besucher des Tages, eine Wache begleitete sie bis zum Ausgang. In einem europäisch anmutenden Viertel aßen sie zu Abend. Das Mädchen verabschiedete sich spät am Abend von ihm und reiste nach Hause. Er ging weiter seinem Studium nach. Da er so viel wie möglich über dieses unglaubliche Land wissen und es kennenlernen wollte, absolvierte er Workshops und viele praktische Übungen. Er wurde einer afrikanischen Studiengruppe zugeteilt. Er diskutierte mit diesen Studenten über die Konflikte der Welt, er hätte sofort alle Probleme der Menschheit lösen können. Das glaubte er zumindest. Er war jung und optimistisch. Er glaubte an das Gute. Abends saß die Gruppe mit anderen Gruppen in den Hotelzimmern zusammen, es wurde getanzt, viel getrunken und gegessen. Er stellte fest, dass er am selben Tag mit einem Jungen aus Zentralasien geboren wurde. Sie schlossen sofort ewige Freundschaft. Es war dieser Freund, der ihm sagte, alles läge an uns selbst, jeder habe sein eigenes Glück in der Hand. Hätte er sich ein bisschen mehr auf diesen Satz konzentriert und ihn sich besser eingeprägt, hätte er den Faden später nicht verloren. Er hätte vieles in seinem Leben anders gemacht. Er hätte seinen Glauben nach der Scheidung nicht verloren und alles wäre anders weitergegangen. Diese Dinge waren so lange her, dachte er. Er freute sich, sich an diese wichtigen Sätze erinnern zu können. Es ist zu spät, meinem Leben eine andere Richtung zu geben, stellte er erneut fest. Er wollte und konnte nichts ändern. Ihm fehlte die Motivation. Es gab nichts wofür und niemanden, für den es sich lohnen würde, etwas zu ändern.

Während der Vorbereitung auf die Simulationsübung lernte er viel von seinen Kommilitonen. Er lernte, dass der Glaube an die Auferstehung und die Unsterblichkeit der Seele allen Religionen gemein ist. Und er lernte auch, dass die Dritte Welt endlich in Ruhe gelassen werden und sich

nicht die Erwartungen der „entwickelten Demokratien"
aufzwingen lassen wollte. Er bemerkte auch, dass sich die
Inder freuten, wenn sich die weiblichen Teilnehmer der
Kurse in ihrer landesüblichen Kleidung zeigten. Er lernte, dass man keine Angst vor Indien zu haben brauchte,
dass man essen und trinken konnte und auch Milch und
Obst nicht vergiftet waren. Die Menschen, auch wenn
es viele waren, verhielten sich freundlich und friedlich.
Er unterhielt sich gern auf der Straße mit ihnen. Dann
wohnte er einer Leichenverbrennung bei und sah, wie die
Asche von den weiß gekleideten Trauernden in den heili-
gen Fluss gestreut wurde. Er machte einen Ausflug nach
Dharamshala, aber der Lama hielt sich gerade im Ausland
auf. Als ein kleines Kind auf der Straße weinte – er wusste
nicht warum –, kaufte er ihm bei einem Straßenhändler
eine Tafel Schokolade, und sofort strahlte das Kind über
das ganze Gesicht. Auf seiner Reise ergötzte er sich an
den Farben Indiens, Rot, Gelb, Grün in reicher Vielfalt,
alles hat hier eine Stimmung, dachte er. Auf einem Ele-
fanten ritt er zum Fort Amber, und in Agra bewunderte
er den Taj Mahal, das Symbol der Liebe. Damals war er
noch nicht verliebt, aber das Gebäude beeindruckte ihn
sehr. Was ihm Indien gegeben hat? Sehr viel. Er lernte, das Leben zu schätzen und Probleme einzuordnen.
Er hatte verstanden, dass alles, was geschehen musste,
auch geschehen würde. Das Leben musste vorwärts gelebt werden, man durfte nicht in der Vergangenheit stecken bleiben, nicht weiter an bereits abgenagten Knochen
nagen. Probleme lösen sich auf, es ist nur eine Frage der
Zeit. Man darf nicht ungeduldig sein, aber man muss
das Gute wollen und das Schöne sehen. Unsere Aufgabe
ist es, Gutes zu tun und zu versuchen, glücklich zu sein.

Man sollte Menschen meiden, die verbittert und egoistisch sind und unsere Energie absaugen. Ansonsten sollte man jeden so nehmen, wie er ist und sich nicht zu sehr in das Leben der anderen einmischen. Wir müssen miteinander leben, sollten aber nicht vergessen, dass wir unseren Weg allein gehen müssen, dass unser Schicksal die ewige Einsamkeit ist. Das ist aber nichts Schlechtes, sondern ein schöpferischer, beruhigender Umstand. Im Leben der anderen sind wir höchstens Gäste, so wie wir nur Durchreisende auf dem Planeten Erde sind. Wir sollten die Gesellschaft von Freunden und wohlwollenden Menschen suchen, auf die wir uns verlassen können. Auch wenn wir nicht ständig mit allen zusammen sein können, sollten wir wissen, dass wir uns wieder treffen werden und das Freundschaftsband nicht reißt. In den entwickelten Demokratien wollen viele Menschen keine echten Freundschaften, sie sind einander nur seelische Mülleimer. Sie brauchen keine gemeinsamen Erlebnisse, sondern nur Zuhörer. Enttäuschungen in der Liebe sind zwar in dem Moment, in dem sie uns zustoßen, das Wichtigste für uns, aber es sind trotzdem keine echten Probleme. Wenn wir uns nicht wohlfühlen, raffen wir uns auf und gehen weiter. Man braucht nur in die Augen eines indischen Kindes zu schauen, das auf der Straße lebt und für sein tägliches Brot arbeiten muss.

In Indien lernt man zu relativieren, und man merkt, wie wichtig sauberes Wasser ist. Baden und Zähneputzen sind wie eine Neugeburt. Aber trinken ist lebensnotwendig. Alles andere ist nur eine Zugabe. Wichtig ist nur sauberes Wasser. Was für ein Schatz! In welchem Luxus leben wir Europäer, wo das saubere Wasser aus dem Hahn fließt.

Wie viele Menschen auf der Welt haben das nicht. Wie gut haben wir es in unserem mit einem sozialen Netz gepolsterten Europa. „Trinken ohne wirklich Durst zu haben, reden, ohne wirklich etwas zu sagen zu haben, mit jemandem schlafen, ohne wirklich Lust zu haben – das sind die drei Todsünden, die der Europäer ständig begehen", hatte er irgendwo gelesen, und schon damals gefiel ihm dieser Gedanke des Franzosen André Gide sehr.

Er wollte immer mal nach Afrika. Als Kind waren die Berichte über Albert Schweitzer seine Lieblingslektüre. Eigentlich wollte er Arzt werden, aber dann wurde er Soziologe. Auf den afrikanischen Kontinent gelangte er nie, er war 60 Jahre alt und hatte die Hoffnung aufgegeben, dass sich sein Traum je erfüllen würde.

Und dann erwischte auch ihn die richtige Liebe, zumindest glaubte er das. Er verliebte sich in ein schönes, schlankes

Mädchen mit braunen Augen und blondem Haar, es war Liebe auf den ersten Blick. Sie wurden schon bald ein Paar, und sie bekamen eine Tochter. Sie zogen ins Ausland, wo Andrei einen verantwortungsvollen Posten übernahm. Er schaffte es aber nicht, seiner Verantwortung gerecht zu werden. Er fühlte sich zusehends schlechter, und es quälte ihn, dass seine Frau das bemerkte. Er konnte sie nicht mehr auf Händen tragen wie zuvor, sie stritten sich häufig, und er begann zu trinken. Schon bald wurde er zum Stadtgespräch. Seine Geschäftspartner versuchten noch zu ignorieren, wenn er beim Abendessen ein Glas Wein nach dem anderen leerte, später waren es dann Whiskey und andere harte Getränke. Oft fand er kaum nach Hause, und oft hatte er auch gar keine Lust, nach Hause zu gehen. Er hatte versagt und konnte es sich selbst nicht eingestehen. Er suchte Trost bei billigen Nutten, die ihm geduldig zuhörten, obwohl sie oft kaum verstanden, was er sagte. Aber sie lächelten immer und waren für wenig Geld zu allem bereit. Seine Ehe ging zugrunde, er zog wieder heim, und die Liebe seines Lebens blieb in dem anderen Land. Sie reichte die Scheidung ein und bekam alles zugesprochen. Seine Tochter hat er schon seit Jahren nicht mehr gesehen, sein Haus hatte er verkaufen müssen, und wegen seines Alkoholismus' war er entlassen worden. Und jetzt ist er Straßenmusiker, trinkt nicht mehr und das ist gut so.

Er dachte oft darüber nach, was geschehen wäre, wenn er das Mädchen nicht hätte gehen lassen, die er in Indien getroffen hatte. Aber er hatte sie gehen lassen, und er konnte sich auch nur an sie erinnern, wenn er sich sehr konzentrierte. Nur ihre wunderschönen Augen konnte er nicht vergessen. Aber was hat es für einen Sinn, sich deshalb zu zermürben, was vorbei ist, ist vorbei. Für ihn gibt es keine Möglichkeit mehr aufzubrechen, zu reisen, und er könnte es sich auch gar nicht leisten, jemanden zu haben. Er könnte nicht für sie sorgen. Nun wartete er jeden Tag darauf, interessanten Menschen zu begegnen, für die er musizieren konnte und die die Fetzen ihres Lebens mit ihm teilten.

Heute war ihm ein besonders interessantes Mädchen begegnet, das mit der transsibirischen Eisenbahn zweimal in Georgien war, die hintersten Winkel des Urals aufgesucht hatte und als Backpackerin allein nach Iran reiste. Ob er wüsste, dass die meisten Perser sich die Nase operieren lassen und das Land an zweiter Stelle bei Geschlechtsumwandlungen stehe, fragte ihn das Mädchen, als sie ins Gespräch kamen. Nein, das wusste er nicht. Auch nicht, dass ein großer Teil der Bevölkerung aufgeklärt war und sich von der korrupten Führung befreien wollte, derentwegen die internationale Gemeinschaft ein Embargo über das Land verhängt hatte. Die Perser seien gastfreundliche, nette Menschen, aber sehr arm, obwohl es riesige Ölfelder und Mineralvorkommen gäbe, doch es fehlten die Anlagen zu ihrer Förderung, und die vermögende religiöse Kaste riss sich alles unter den Nagel. Auch das wusste er nicht, und er hörte dem Reisebericht des Mädchens mit großen Augen zu.

Eines Tages stieg eine seltsame wunderschöne Frau mit grünen Augen in die Metro ein. Sie lachte, als sei ihr etwas Lustiges eingefallen, und sie konnte gar nicht mehr aufhören zu lachen. Sie war hübsch, sie gefiel ihm. Sie

begannen ein Gespräch, und die Frau erzählte, sie sei auf dem Weg zum Yoga Kurs. Sie käme gerade aus dem Büro, in dem sie arbeite, und heute sei so viel vorgefallen, über das zu ärgern sich nicht lohne, dass sie lieber über die Dummheiten ihrer Kollegen lache. Der Straßenmusiker hatte noch nie Yoga gemacht, aber nun hatte er das Gefühl, es sei an der Zeit. Er begleitete die Frau. Er konnte sich zwar nicht ausreichend vertiefen und entspannen, aber das einstündige Abschalten tat ihm gut. Er versuchte, seine Gedanken zum Schweigen zu bringen und sich auf den Wind und das Ufer zu konzentrieren, von dem der Yogalehrer sprach. Die Übungen waren nicht leicht, es gelangen ihm auch nicht alle Positionen, aber das störte ihn nicht. Nach der Stunde setzten sie sich in ein Café. Ihm war seine ärmliche Kleidung peinlich, aber er hatte nun mal nichts Anderes, und er konnte auch nur seinen eigenen Espresso bezahlen, obwohl er die aufregende Frau gern eingeladen hätte. Sie unterhielten sich über Ägypten, wo er noch nie war, aber die Frau erzählte, dass sie mal Ägyptologin werden wollte, ist aber dann, statt die Antike zu erforschen, in einem Büro gelandet. Sie hatte zwei Jungen zur Welt gebracht, lebte jetzt aber allein. Nicht wirklich allein, denn sie hatte eine Katze, also einen Kater, der eigentlich kein richtiger Kater mehr war, aber trotzdem das männliche Geschlecht in ihrem Zuhause vertrat. Einen treueren Gefährten habe sie nicht finden können, witzelte sie. Es fiel ihnen schwer, das Gespräch zu beenden, aber es war später Abend geworden, und sie musste nach Hause. Ja, Afrika hat eine starke Anziehungskraft, eines Tages muss ich doch einmal dorthin reisen, dachte Andrei beim Hinausgehen. Die Frau gab ihm ihre Telefonnummer, und er versprach, sie bald anzurufen, wagte es dann aber doch nicht. Er kehrte zurück in seine Einsamkeit. Er dachte zwar oft an sie und vermisste ihr Lachen und ihre Persönlichkeit, aber er suchte sie nicht. Er hoffte nur, ihr wieder einmal zu begegnen, aber nur, wenn es der Zufall wollte. Doch die Monate vergingen, und schließlich verblasste die Erinnerung. Er ging auch nie wieder zum Yoga, er blieb bei seiner Musik und setzte die Unterhaltung der Fahrgäste im täglichen Einerlei fort. Hatte er wieder etwas versäumt? Wäre das der Ausweg gewesen, der sein Leben verändert hätte? Er würde es nicht mehr erfahren. In Wirklichkeit hoffte er auch gar nicht mehr, dass die Zukunft für ihn noch etwas Gutes bereithielte. Er war zufrieden mit seinem bescheidenen Leben, er wollte sich nicht mehr binden, und vor allem wollte er keine Enttäuschung mehr. Was er allerdings änderte, war, dass er täglich einen Euro beiseitelegte. Er bewahrte den wachsenden Münzenhaufen sorgsam in seinem Bettkasten auf. Wer weiß, vielleicht würde er ja eines Tages doch noch nach Afrika kommen.

An einem Donnerstag fuhr ein koreanisches Mädchen
in der Metro mit, eine Medizinstudentin, die zum Studieren nach Europa gekommen war. Sie erzählte von der
Konfrontation der beiden Koreas und zeigte Fotos von
Tunneln, die nordkoreanische Arbeiter fleißig und unter größter Geheimhaltung gegraben hatten, um eines
Tages Seoul einzunehmen und damit den von den west-
lichen Mächten gestützten südlichen Teil der Halbinsel
in die Knie zu zwingen, der dem Sozialismus so treulos
den Rücken gekehrt hatte. Das Mädchen war auf dem
Heimweg vom Französischkurs, büffelte eifrig Vokabeln
und versuchte, sie mit bezauberndem Akzent auch ihm
beizubringen. Er konnte auch ein paar Fremdsprachen,
doch Französisch hatte er längst vergessen, obwohl er
dreimal Anlauf genommen hatte, es zu lernen. Er mochte
die Lebenslust der Franzosen, ihre Lebensart, ihre Freude am Essen und Trinken. Auch ihre Kultur mochte er.
Er war schon in Paris und hatte sich die obligatorischen

Sehenswürdigkeiten angeschaut. Er war begeistert von Notre Dame und vom Louvre, er erinnerte sich, wie er sich noch als Student in die Betrachtung der Kunstschätze, Gemälde und Statuen vertieft hatte. Damals hatte er nicht verstanden, wie man eine kopflose Frau anbeten konnte, doch faszinierte ihn die Dynamik der geflügelten Nike und die in ihrer Unvollkommenheit vollkommene Statue trotzdem. Zwei Tage lang hätte man ihn nicht aus diesem riesigen Museum hinauslocken können. Aber das war lange her, und er konnte sich kaum erinnern, wann er das letzte Mal in einem Museum, einem Konzert oder Theater war. Für ihn war das Leben das Theater und die Metrowagen die Bühne. Er hatte mal gelesen, dass ein berühmter Choreograf „Schwanensee" in einem Metrowagen inszenieren wollte. Er wusste aber nicht mehr, ob dieser Plan verwirklicht worden war, schließlich war es kein Kinderspiel, einen Metrowagen auf eine durchschnittlich große Theaterbühne hereinzuschleppen. Er hätte sich die Vorstellung jedenfalls angesehen. Da er nur an Zeitungen gelangte, die die Fahrgäste zurückließen, hatte er über Vieles nur bruchstückhafte Informationen, er erfuhr von den Ereignissen und Geschichten nur den Anfang, die Mitte oder auch nur den Schluss.

War er etwa eingenickt? Das Weinen eines Kindes weckte ihn, die Mutter versuchte vergebens, es zu beruhigen. Sie waren im Zoo, und im Trubel war das Lieblingspony des Mädchens verlorengegangen, ein kleines pinkfarbenes Plastikpferdchen, das nicht teuer war, aber von unschätzbarem Wert für das Mädchen. Wie sich herausstellte, liebte die Kleine Pferde, auf ihrer Kleidung, auf ihren Söckchen waren Pferdchen abgebildet. Er spielte

Musik für sie, woraufhin sie sich schnell beruhigte und ihre Beinchen rhythmisch zu bewegen begann. Die Kleine war bezaubernd. Was war wohl mit seiner Tochter? Sie war schon erwachsen, vielleicht schon Mutter, und vielleicht saß sie gerade jetzt mit seinem kleinen Enkel in einem Metrowagen. Wer weiß. Er hatte jeden Kontakt zu seiner ehemaligen Familie verloren, sie wussten nichts über ihn und er nichts über sie. Jetzt zum ersten Mal vermisste er seine Familie. Dabei hatte er gelernt, ohne sie zu leben. Er klammerte sich an das Leben der anderen, er lebte das Leben fremder Menschen. Wie so viele andere, die sich an ihrem Arbeitsplatz betäuben, um die Öde ihres Zuhauses, die alltäglichen Probleme, die Streitereien mit ihren Ehepartnern zu überleben. Wie gern hätte er gewusst, ob die glücklich scheinenden Menschen wirklich glücklich waren, ob Glück überhaupt existierte, und wenn ja, wie lange es dauerte. Er hatte ein paar gute Jahre, eigentlich konnte er sich sogar glücklich schätzen, weil er viel gesehen hatte, obwohl er manchmal meinte, zu viel durchgemacht zu haben, um den Schmerz darüber, was er verloren hat, noch stärker zu spüren. Aber er war nicht mehr jung, wer weiß, wie lange er noch leben würde, und alles ist gut, wie es ist.

Wow, was für eine Sonnenbrille! Ein junger Bursche stand in der Tür, mit einer modischen Sonnenbrille. Er hätte einen Schlafanzug oder einen Rock tragen können, alle sahen nur seine Sonnenbrille. Sie stand ihm sehr gut, sie machte seine Augen zum Geheimnis, alle dachten darüber nach, welche Farbe sie wohl hätten und ob sein Gesicht auch ohne Sonnenbrille so gut aussehen würde. Der Junge reckte sich und rief beim Aussteigen seinem „Fan Kreis" zu: *„Tja, eine Sonnenbrille kleidet. Ich setze jeden Tag eine andere auf, ich liebe sie und habe eine große Sammlung. Mein Tag ist gewonnen, wenn es mir gelingt, die passende für den Tag auszuwählen."* Unser Musiker schwieg nur und nahm sich vor, als erstes in eine coole Sonnenbrille zu investieren, wenn er genug Geld beisammenhätte. Zwar schien in der Metro keine Sonne, aber vielleicht ergäbe sich mal eine Gelegenheit, sie zu tragen, und dann würde er sich auch so stolz recken wie der Junge.

Eines Abends traf er seinen Mitbewohner in einer seltsamen Stimmung an. Zum ersten Mal passierte es, dass er etwas erzählte. Sie wohnten schon seit Jahren in dieser Zwangsgemeinschaft zusammen, aber noch nie hatten sie sich wirklich unterhalten. Was war mit ihm passiert, dass er plötzlich meinte, sein Leben mit Andrei teilen zu müssen? Der hörte sich geduldig an, was der Alte durchgemacht hatte, als seine geliebte Frau mit seinem besten Freund durchgebrannt war. Jahrelang hatte er nichts geahnt. Zwar häuften sich die gemeinsamen Familienprogramme, und schließlich verbrachten sie jeden Feiertag zusammen, trotzdem hatte er nichts gemerkt. Bis er eines Tages früher von der Arbeit nach Hause kam und sie in flagranti erwischte. Seinen besten Freund mit seiner Frau. Unglaublich. Was ist das für ein Freund? Er war ja von vornherein in einer vorteilhaften Position, wusste er doch alles über die Frau, über seine Frau. Warum hatte er nicht etwas mit einer anderen Frau angefangen, wenn er seine eigene Ehe schon nicht mehr ertrug und ausbrechen wollte? Unbegreiflich. Er wollte nicht streiten, reichte die Scheidung ein, und sie trennten sich. Sie teilten alles ordentlich auf, die Kinder blieben bei ihrer Mutter. Er begann zu trinken und vertrank seinen Anteil. So war er in diese Unterkunft gelangt. Zwar hatte er inzwischen Arbeit gefunden, als Pförtner in einer Fabrik, aber sein Leben geriet nicht mehr ins Gleis. Früher glaubte er an Freundschaft, dass man wirklich und tief über viele Jahre hinweg Gutes und Schlechtes mit einem anderen Menschen teilen konnte, ohne Eigeninteressen, nur, weil man gern Zeit mit diesem Menschen verbrachte und ihm vertraute. Aber nun vertraue er niemandem mehr.

Jahre nach der Scheidung versuchte seine Frau zwar, alles von vorne zu beginnen, weil der alte Freund doch nicht so ein vielversprechender Partner war, wie es während ihres geheimen Verhältnisses schien, aber er wollte nichts mehr von der Frau, die ihm das angetan hatte. Mit einem anderen, und nur ein paar Schäferstündchen, von denen er nie etwas erfahren hätte, oder wenn sie ihm früher reinen Wein eingeschenkt hätte, dann hätten sie ihr Leben vielleicht leichter in Ordnung bringen können, und vielleicht hätte er verzeihen können, aber so? Nein, das würde er niemals tun. Und er war auch darauf gekommen, dass es besser war, ohne sie zu leben. Ihre Ehe war nie so vollkommen gewesen und hatte auch nicht mit einer großen Liebe begonnen, sondern mit einer Romanze, aus der noch vor der Heirat ein Kind hervorging. So zerbrach er sich nicht allzu lange den Kopf über die Gründe und fühlte sich trotz der bescheidenen Umstände wohl. Seine Kinder traf er manchmal, aber denen war ihr ärmlicher Vater peinlich. Sie wussten auch nicht, worüber sie sich mit ihm unterhalten sollten, sodass diese Begegnungen immer seltener wurden und sie sich manchmal monatelang nicht sahen.

Seit der Scheidung lebte er allein, genauer gesagt, mit seinem Zimmergefährten, und er ließ niemanden in sein Leben. Manchmal neckten ihn die Fabrikmädchen, denn er war ein gut aussehender Mann. Er war zwar Ende sechzig, aber er konnte noch so betörend gucken mit seinen traurigen Augen, dass die Mädchen einfach nicht wortlos an ihm vorbeigehen konnten. Und er lächelte nur still und wollte niemanden. Eines Tages aber kam er der Bedienung in der nahegelegenen Kneipe näher. Seither tranken sie regelmäßig zusammen, wenn auch maßvoll, denn er wollte seine Stellung als Pförtner nicht verlieren. Ob sie etwas miteinander hatten, wusste Andrei nicht, und er getraute sich auch nicht, danach zu fragen. Aber er freute sich, Einblick in das Leben seines Mitbewohners erhalten zu haben und ihn so besser verstehen zu können. Keiner hatte ein leichtes Leben, vielleicht wäre es besser, wenn jeder schnell verzeihen oder seine Angelegenheiten regeln könnte, bevor die Dinge aus dem Ruder liefen. Wenn keiner mehr mit dem anderen reden konnte, gelangte man schnell an einen Punkt, von dem aus es kein Zurück gab. Warum Mann und Frau nach der Scheidung nicht in normalem Ton miteinander kommunizieren konnten, warum Verbindungen einfach durchtrennt wurden, als hätten sie nie bestanden, und warum nicht wenigstens eine Franse von dem zerschnittenen Lebensband übrig blieb, das daran erinnert, dass es einst wichtig, ja das Wichtigste war und Spuren in uns hinterlassen hat – das verstand er nicht einmal in seinem eigenen Fall.

Das Leben, so komisch es auch ist, lässt immer Hoffnung, denn wir können seine Wendungen nicht voraussehen. Andrei hatte auch bemerkt, dass sich bestimmte Situationen im Leben wiederholten, was einem die Möglichkeit gab, schließlich eine gute Lösung zu finden. Aber der Mensch ist ein seltsames Geschöpf, irgendwie macht er immer dieselben Fehler, obwohl er sich immer wieder vornimmt, das nächste Mal klüger, geduldiger, umsichtiger und sorgsamer zu sein... das nächste Mal einfach richtig zu reagieren. Vergebens dreht sich das Leben im Kreis, bietet immer wieder dieselben Situationen, nie lernen wir aus unseren Fehlern, vielleicht kommen unsere Reaktionen langsamer, aber irgendwie immer falsch und wir reagieren auf die gleiche einfältige Weise auf sich wiederholende Probleme. Andrei versuchte, nicht länger darüber nachzudenken und schlief schließlich ein. In den letzten Minuten vor dem Einschlafen dachte er noch an den kommenden Tag und was dieser ihm wohl bringen würde: Und der nächste Tag brachte ihm tatsächlich eine Begegnung, die sein Schicksal veränderte.

Einer alten Frau, die sich kaum bewegen konnte, half er beim Ein- und Aussteigen. Sie war auf dem Friedhof, dahin ging sie immer allein, um sich in diesen Stunden nur auf die Verstorbenen konzentrieren zu können, keiner sollte sie in den Momenten der Erinnerung stören. Sonst verließ sie kaum noch ihre Wohnung, sie hatte keine Angehörigen, nur der Arzt kam zu ihr und die Pflegerin, die ihr die nötigen Spritzen gab und einmal in der Woche ihre Arzneien für die kommende Woche zusammenstellte. Montag, Dienstag, Mittwoch und so weiter, jeden Tag Pillen in anderer Farbe und Form, die man nicht verwechseln durfte, weil das schwere Folgen hätte. Sie glaubte zwar nicht, eines Tages wieder kerngesund und jung zu werden, und sie hatte auch niemanden mehr, für den sie leben könnte. Aber sie nahm täglich morgens oder mittags oder abends genau nach ärztlicher Vorschrift ihre Arzneikombinationen ein.

In ihrer Jugend war sie viel gereist, hatte das Leben in vollen Zügen genossen, und als ihr einfiel, dass sie eine Familie gründen sollte, war das Leben schon an ihr vorübergegangen. Sie baute sich eine Karriere auf, bezog eine gute Rente, hatte aber niemanden, mit dem sie diese hätte teilen können. Männer hatte sie viele in ihrem Leben, aber keiner nahm sie ernst genug, um sie aus der Partystimmung zu reißen und dazu zu motivieren, ein Kind von ihm zu wollen. Wenn sie zurückdachte, war da vielleicht einer, der ihr damals sehr gefiel und mit dem sie sich vorstellen konnte, gemeinsam alt zu werden, aber warum das zu Ende gegangen war, wusste sie nicht mehr. Früher versuchte sie, sich jeden aktuellen Freund im Alter vorzustellen, wie sie mit ihm Hand in Hand vor dem Kamin sitzen würde, doch dieses Bild war mit keinem wirklich überzeugend, und so verwandte sie nicht viel Energie auf die Vertiefung der jeweiligen Beziehung. Aber sie lernte die Welt kennen, als sie noch berufstätig war, hatte viele Freunde und reiste viel. Die Freunde waren aber inzwischen tot oder das Schicksal hatte sie in die Ferne verschlagen.

Sie hatte Pläne zur Rettung der Welt, sie setzte sich für ein besseres Schicksal von Kindern ein, war Umweltschützerin und gegen Kriege, aber sie wurde nicht einflussreich und berühmt genug, um irgendetwas im Interesse der Menschheit zu bewegen. Da sie keine politische Laufbahn einschlagen wollte, konnte sie als einfacher Mensch höchstens spenden. So spendete sie für die Opfer des Tsunamis, für die Beseitigung von Erdbebenschäden, übernahm von Zeit zu Zeit die Patenschaft über einige Manatees und überwies über World Vision kleinere oder größere Summen für die schulische Ausbildung afrikanischer Kinder. Soviel konnte sie tun, und schon das war viel mehr, als die meisten ihrer Mitmenschen taten. Viele sind froh, wenn sie mit ihrem Monatsgehalt über die Runden kommen, und es ist nicht üblich in der Gesellschaft, anderen zu geben, was übrig bleibt. Sie war da anders und gab ihr Leben lang, wenn sie nur irgend konnte. Das war so ein gutes Gefühl, das hielt sie am Leben. Vielleicht kompensierte sie damit, dass sie keine Familie hatte, es nicht zu Weltruhm gebracht und auch auf keinem Gebiet besondere Talente vorzuweisen hatte, sie war weder eine berühmte Tänzerin noch Schauspielerin oder Schriftstellerin, weder Politikerin noch religiöse Würdenträgerin, oder was auch immer, jedenfalls nie irgendwas Weltberühmtes geworden.

Und so wurde sie langsam alt und wartete nur noch auf die Erlösung durch den Tod. Sie hatte das Gefühl, ihr Leben war trotz der Mängel ziemlich rund und sie könnte ihren kranken und alten Körper jederzeit verlassen, und wenn man an die Reinkarnation glauben könne, daran, dass ihre Seele in einem neuen Körper wiedergeboren würde, könnte sie neue Abenteuer erleben. Vielleicht wäre ihr ja im nächsten Leben vergönnt, eine schöne große Familie zu haben. Mit vielen Kindern, die beim Essen über die für sie großen Erlebnisse ihres kleinen Lebens plappern würden. Und sie mit Fragen überhäufen würden, die sie nur unzureichend beantworten könnte, aber das wäre nicht schlimm, denn den Kindern würde es reichen, wenn sie ihnen zuhören und ihnen zeigen würde, wo sie die richtigen Antworten auf ihre Fragen finden. Es wäre auch nicht schlimm, wenn sie merken würden, dass man auf nichts eine umfassende Antwort geben kann, dass alles mehrere Seiten hat, und wenn wir das berücksichtigen und die Details in unsere Antworten einbauen wollten, wir nie an ein Ende gelangen würden. So antworten wir immer nur mit Halbwahrheiten, die wir als Grundlage zur weiteren Befriedigung unserer Neugier nutzen können. Das erfordert natürlich weitere Nachforschungen, oder wir geben uns mit einer oberflächlichen Antwort zufrieden, die im Moment ausreicht, um unsere Neugier zu stillen.

Sie war gerade auf dem Heimweg vom Grab ihrer Eltern, als der Metromusikant in ihr Leben trat. Wie nett von ihm, dass er ihr half, und wie schön er auf seiner Geige spielte, dachte die alte Frau, und lud ihn zu sich zum Tee ein. Von da an erschien Andrei jeden Mittwoch pünktlich um fünf bei ihr, und sie führten lange Gespräche, waren doch beide viel gereist und hatten genug gesehen, um ausreichend Themen für diese Teenachmittage zu haben.

Es war ein Donnerstag, und er musste eine ganze Woche bis zum nächsten Teenachmittag warten, als ein aufgewühltes Mädchen geradezu in den Wagen fiel. Andrei wusste nicht, worum es ging, aber er sah dem Mädchen an, dass es sehr aufgeregt war. Er wagte es nicht, es anzusprechen, sah es nur erwartungsvoll an. Das Mädchen wollte keine Blicke erwidern, presste nur trotzig die Lippen zusammen und schaute zu Boden. Sie sah ihre Schuhspitzen an, und plötzlich geriet eine grobe Sandale neben ihren Schuh. Wem mochten denn diese Sandale und das dazugehörige Bein gehören, überlegte das Mädchen. Ihr war schon aufgefallen, dass sie bei allen Menschen zuerst auf die Füße schaute, während andere dem Gesicht, den Augen, der Oberweite, dem Hintern oder der Ohrform ihre erste Aufmerksamkeit schenken. Bei ihr waren es die Füße. Gepflegte, schöne und interessant geformte Füße. Und Schuhe natürlich. Was manche so anzogen! Sie staunte immer wieder, wie wenig manche Füße in manche Sandalen, Ballerinas passten, in die sie hineingezwängt wurden, aber sehr oft sah sie auch sehr hübsche Schuhe mit sexy Füßen darin. Sie sah zu der Sandalenperson auf und traf seinen Blick. Er schaute sie an, aber sie reagierte nicht. Sie wollte sowieso an der nächsten Station aussteigen. Sie erhob sich, ging an dem Sandalenfuß vorbei und stieg aus dem Wagen, ohne zurückzuschauen. Andrei sah ihr enttäuscht nach, er wäre neugierig auf die Geschichte dieses seltsamen Mädchens gewesen, das so auf die Füße gestarrt hatte. Was hatte sie in ihnen gesehen und warum hatte sie mal gelächelt, mal den Kopf über eine seltsame Fuß-Schuh-Kombination geschüttelt.

Endlich war wieder Mittwoch, Andrei war wieder bei der alten Dame und beim gemeinsamen Teetrinken unterhielten sie sich über den Taj Mahal, den einst ein Herrscher für seine Lieblingsfrau errichten ließ, die bei der Geburt ihres Kindes gestorben war. Eine Legende besagte, dass das gleiche Prachtgebäude auch noch einmal in schwarz gebaut werden sollte, was aber an Geldmangel scheiterte. Der Herrscher wurde abgelöst, und die Pläne gerieten in Vergessenheit. Das wunderschöne Grabmal aus weißem Marmor ist aber auch heute noch Pilgerort für viele Menschen, es gilt als Symbol der Liebe. Es heißt, wenn die Sonne aus einem bestimmten Winkel auf den Taj Mahal scheint, verkörpere sein Schatten den schwarzen Kontrast, also den Herrscher selbst und seine schwarze Ruhestätte. Es gibt viele Bettler rings um das Gebäude, die Touristen müssen sich den Weg zum Eingang des Kunstdenkmals durch sie hindurchbahnen und sind oft schockiert von der schieren Masse und der Armut. Wer hier seine Reise durch Indien beginnt, ist oft gar nicht mehr neugierig auf dieses riesige und an alter Kultur so reiche Land, sondern zieht gleich Konsequenzen und baut eine Reihe von Vorurteilen auf. Andrei hat auch die schönen Seiten des Landes gesehen und konnte es mit anderen Ländern und Kulturen vergleichen.

Zwei junge Männer saßen in der Metro nebeneinander. Sie plauderten angeregt und verliebt miteinander. Erst vor kurzem haben sie in New York geheiratet, wo gleichgeschlechtliche Ehen anerkannt wurden, was in ihrer Heimat leider noch nicht der Fall war. So stand trotz ihres gültigen Dokuments über ihre Eheschließung noch „alleinstehend" in allen amtlichen Urkunden. Sie hätten auch gern Kinder, aber die Leihmutterschaft war auch verboten hierzulande. Vielleicht würden sie ein bisschen Geld sparen und ins Ausland ziehen können, um endlich ihren Traum zu leben und sich ihren Kinderwunsch zu erfüllen. Zwei nette Jungen, man würde gar nicht denken, welche Probleme sie haben, dachte der Straßenmusikant bei sich, als sie ausstiegen.

An einem diesigen Morgen stieg ein eleganter älterer Herr in die Metro ein. Er erzählte, dass er auf dem Weg zu einer Demonstration sei, zu einer stummen Meinungsäußerung gegen die Politik der Regierung. Einer friedlichen Demo mit Kerzen. Er sei immer sehr an Politik interessiert gewesen. Er sei während des Zweiten Weltkriegs in einem Bunker zur Welt gekommen. Er konnte auch gar nicht am selben Tag, sondern erst am nächsten Tag standesamtlich registriert werden. Seinen Vater habe er erst kennengelernt, als dieser endlich aus der Kriegsgefangenschaft heimkehrte. Er habe im ganzen Leben eine andere Denkungsart gehabt als seine Kumpels und auch sensibler auf die Geschehnisse reagiert. Er war zweimal verheiratet, seine zweite Frau ist gestorben, seine drei Söhne haben drei verschiedene Mütter. Der jüngste Sohn habe die Exfrau seines ältesten Bruders geheiratet, sodass die verwandtschaftlichen Beziehungen in der Familie ziemlich chaotisch seien. Die meisten seiner Enkel seien schon berufstätig, aber mit dem Ältesten gebe es Probleme. Er sei kaum dreißig und habe schon eine Entziehungskur hinter sich. Auch in der weiteren Familie gibt es interessante Fälle und Tragödien, seine Schwester habe zwei Töchter durch die gleiche schreckliche Lungenkrankheit verloren, die Tochter seines Bruders ist verlottert und irgendwo im Ausland im Alter von etwas über vierzig gestorben. Von acht Geschwistern leben nur noch drei, aber im Alter haben sie sich mit ihrem Schicksal versöhnt und treffen sich oft. Früher gab es Zeiten, in denen sie kein Wort miteinander wechselten, aber jetzt im Alter sind die verwandtschaftlichen Bande wieder wichtig geworden. Er redete viel, und er sprach die Wahrheiten aus, als könne er damit das Rad der Zeit dahin zurückdrehen, wo noch alles umkehrbar wäre. Aber da das nicht möglich ist, kreist man um seine Geschichten aus der Vergangenheit, ohne wenigstens zu versuchen, dem auf den Grund zu gehen, warum alles so geschehen ist, wie es eben geschehen ist.

Und wie in den Wochen und Monaten davor, wurde es wieder Mittwoch. Doch diesmal fand Andrei die Tür der alten Frau verschlossen. Am Briefkasten klebte eine Telefonnummer mit dem Satz: Andrei, rufen Sie mich bitte an! Er besaß kein Telefon, in Zeiten, da jeder mit einem Smartphone herumlief, hatte er nicht einmal einen altmodischen Festnetzanschluss. Als er am Abend nach Hause kam, kramte er ein paar Euro zusammen und suchte eine Telefonzelle. Er wählte die Handynummer. Ein Rechtsanwalt meldete sich. Die alte Dame habe das Zeitliche gesegnet und Andrei ihr ganzes Vermögen hinterlassen. Die Wohnung, Spareinlagen und Kunstschätze. Ihm wurde schwindlig und er musste sich an die Tür der Telefonzelle anlehnen. Er schnappte nach Luft und stieß dann hervor: „Wann ist sie denn gestorben? Und wer hat sie gefunden? Musste sie leiden?" Er dachte nicht an das Geld, sondern sorgte sich darum, ob seine alte Freundin würdevoll und ohne zu leiden verschieden war. Der Rechtsanwalt beruhigte ihn. Es sei vor zwei Tagen passiert, sie habe gerade einen Apfel geschält, und da habe sie ein Herzinfarkt ereilt. Sie habe nicht gelitten, ihr Gesicht sei nicht verzerrt gewesen. Diese Nachricht besänftigte ihn trotz aller Traurigkeit.

Ihm würden die Teenachmittage mit den guten Gesprächen fehlen. Weiter dachte er nicht. Der Rechtsanwalt bat ihn, ihn am nächsten Nachmittag in seinem Büro aufzusuchen, woraufhin er zustimmend brummte und den Hörer auflegte. In der Nacht schlief er schlecht, er dachte an den Tod und seine Toten, seine Eltern, seine Familie, die er so lange nicht gesehen hatte. Erinnerte sich an das Mädchen, das er in Indien kennengelernt hatte, und es fiel ihm auch das Gespräch mit der fröhlichen Yogafrau ein. Erst gegen Morgen überkam ihn der Schlaf, und als er wieder aufwachte, war schon heller Tag, vielleicht schon Mittag.

Es war ihm noch nie passiert, dass er die Vormittagsfahrt mit der Metro versäumte, mit der er sein Mittagessen verdiente. Aber jetzt war er so aufgeregt, dass er nicht weiter darüber nachdachte. Er zog sich an und ging zu der angegebenen Adresse. Er nahm seine Geige mit, er war so an sie gewöhnt, dass sie ihn seit fünfzehn Jahren überallhin begleitete, dass es ihm gar nicht einfiel, sie zurückzulassen. Ausnahmsweise setzte er sich aber hin in der Metro und machte keine Musik. Der Mann neben ihm las „Der Idiot" von Dostojewski. Andrei mochte die Werke des russischen Schriftstellers auch, besonders gern las er die philosophischen Betrachtungen in „Die Brüder Karamasow", und „Schuld und Sühne" erinnerte ihn daran, dass keiner seinem Schicksal ausweichen konnte, aber den „Idiot" verstand er nicht. Wieso konnte er sich nicht zwischen zwei Frauen entscheiden? Ein richtiger Mann musste wissen, was und wen er wollte. Man konnte doch nicht zwei Leben zerstören, nur, weil man egoistisch war und sich als Idiot ausgab.

Schließlich traf er an der angegebenen Adresse ein. Der Rechtsanwalt empfing ihn zuvorkommend und störte sich nicht an der ärmlichen Aufmachung Andreis. Sie unterschrieben Formulare und besprachen alles. Es ging um nicht wenig Geld, und der Rechtsanwalt empfahl ihm, es in ein gutes Geschäft anzulegen, dann hätte er lange keine alltäglichen Sorgen mehr. Andrei bedankte sich für alles und versprach, über eine Investition nachzudenken, er habe aber in letzter Zeit leider die Aktienkurse nicht verfolgt und wisse nicht, in welcher Branche sich eine Anlage lohnen könnte. Er werde mal die Finanzbeilagen der Zeitungen studieren und Rat bei Investitionsfirmen einholen. Das klang sehr seriös, er verstand später gar nicht mehr, wie er so offiziell reagieren konnte. Dabei dachte er darüber nach, was er tatsächlich mit dem Geld machen würde. Keinesfalls wollte er ein zu Hause herumsitzender, gelangweilter Mensch werden, aber er freute sich doch, endlich ein gemütliches Heim zu haben und zog schon am nächsten Tag in die Wohnung der alten Frau. Seine armseligen Siebensachen, einmal Bettwäsche, ein paar Becher, Löffel und Gabeln überließ er seinem Zimmergefährten, nur das Säckchen mit Kleingeld, sein Instrument und sein altes Notizbuch, in dem er ein paar verblichene Fotos, ein paar wichtige Adressen und Telefonnummern, Zitate und wichtige Daten aufbewahrte, nahm er mit.

Die Einrichtung rührte er nicht an, denn er achtete die Verstorbene, der er das alles zu verdanken hatte. Er ließ die Bilder an der Wand hängen, die Chronik eines langen einsamen Lebens, um seine Wohltäterin nie zu vergessen. Er hatte keine Erinnerungsstücke, und so sollten wenigstens die eines anderen Lebens ihn begleiten. Wäre es seine Wohnung gewesen, hätte er bestimmt nicht so viele Statuen und Porzellan zusammengetragen, er mochte lieber Bücher und Gemälde, aber die Wohnung strahlte Wärme aus, und die Aura ihrer einstigen Bewohnerin verschönerte jeden Kitsch. Seine erste Handlung in seinem neuen Zuhause war es, Tee zu kochen und eine Tasse auf das Gedenken der Verstorbenen zu leeren. Und was sollte er jetzt tun? Er wollte sein Leben nicht einsam verbringen.

Zuerst dachte er daran, Menschen zu helfen, denen es noch schlechter ging als ihm bisher. Er hätte sich auch richtig betrinken oder in einem Kasino spielen, mit dem verteilten Geld Freunde gewinnen können, aber er wollte eher anonym und langfristig Gutes tun. Er hatte früher mal von einer Elendssiedlung in der Stadt gelesen. Nun suchte er auf einer Karte nach den Straßennamen und beschloss, am nächsten Tag dahin zu gehen. Er erinnerte sich nicht mehr an den Titel des Buches, das er im Zusammenhang mit diesem Artikel über diese Siedlung gelesen hatte, nur noch daran, dass dort Menschen leben sollten, denen gegenüber Vorsicht geboten war. Sie mochten keine Besucher, Soziologiestudenten gingen dort ein und aus, und dadurch fühlten sich die Einwohner wie Zooattraktionen. Viele der Menschen dort waren selbst schuld an ihrem Schicksal, keine Frage, aber die Kinder waren unschuldig daran. Sie konnten nichts dafür, dass sie in eine solche Umgebung hineingeboren wurden und mit diesem Hintergrund ins Leben starten mussten. Manchen gelang es auszubrechen, aber viele vegetieren auch als Erwachsene dahin wie ihre Eltern, und viele wissen nicht einmal, wer ihr Vater, wer ihre Mutter ist, sie leiden bereits als Kind Hunger, wachsen in einem elenden Loch auf, ohne Spielzeug und minimalen Komfort des zivilen Lebens. Dahin also begab sich der Geiger. In der Nähe des Viertels setzte er sich eine Weile auf eine kaputte Bank. Er fiel nicht besonders auf unter den Bewohnern, passte er doch mit seiner ärmlichen Kleidung und seinem stoppeligen traurigen Gesicht sehr gut hierher. Er beobachtete die Leute, die auf das fast ghettoartig abgetrennte Gelände kamen. Die Waschräume befanden sich am Ende der Gänge, die Wohnungen bestanden nur aus einem Raum, und die Häuser umringten einen kleinen Platz in ihrer Mitte, der allerdings eher einem Müllberg ähnelte. Viele konnten weder Strom noch Heizung bezahlen, von Trinkwasser gar nicht zu reden. Deshalb gab es Trinkwasser nur in den Etagenbädern, wo sie sich von Zeit zu Zeit waschen konnten. Er saß lange da, der Mond war inzwischen aufgegangen, er lauschte den Geräuschen und beobachtete die Menschen. Und da wusste er, was er tun wollte.

Er suchte den Zuständigen der Bezirksbehörde auf und bat um Genehmigung für die Reinigung des Parks, das Bohren eines Brunnens und das Anlegen eines Spielplatzes. Der Zuständige berief sich auf alle möglichen Vorschriften und verhieß ihm nichts Gutes. Wozu in so einen Ort investieren, das sei reinste Geldverschwendung, in ein paar Monaten sei sowieso alles wieder kaputt, argumentierte er. Aber Andrei blieb hartnäckig, und so hatte er nach langem Hin und Her schließlich seine Genehmigungen beisammen. Ein ordentlicher kleiner Park wäre für jeden eine Freude, das Grün schenkt den Einwoh-

nern Harmonie, so hoffte Andrei. Die Vorbereitungen
und die Durchführung brauchten fast ein Jahr, aber er
bereute es nicht, sondern freute sich, etwas zu tun und
morgens einen Grund zum Aufstehen zu haben. Das Bohren des Brunnens war nicht einfach, das Grundwasser
lag ziemlich tief, und die Zusammenstellung der Spiel-
platzelemente erwies sich als echte Herausforderung. Er
versuchte, Geräte aus Holz und umweltfreundlichen Ma-
terialien einzubauen, die haltbar und widerstandsfähig
waren. Auf dem Platz wurden Bänke aus dicken Eichen-
brettern aufgestellt, die nicht so leicht zu verwüsten oder
wegzutragen waren. Die Einwohner empfingen die Arbeiter zuerst sehr misstrauisch, sie dachten, sie wollten
die Gebäude abreißen und befürchteten, ausziehen zu
müssen. Sie freuten sich auch nicht über den Krach, obwohl der nicht lauter war als die abendlichen Streiterei-
en, an die sich ihre Ohren schon gewöhnt hatten. Dann
wurden das Kommen und Gehen, der Baulärm zur Gewohnheit, und keiner scherte sich mehr darum. Nur die
Kinder, die ahnten, dass etwas Gutes passierte und die
jedes neue Stück begeistert ausprobierten. Sie bekamen
dann auch mittags etwas zu essen, denn Andrei kaufte
jeden Morgen, bevor er zur Baustelle ging, frische Hörn-
chen, Kakao, Obst und Gemüse ein und stellte eine Art
Büfett auf, an dem sich die vorbeikommenden Schau-
lustigen bedienen konnten. Er tat so, als sei das Essen
für die Arbeiter, aber er freute sich, wenn auch die Bewohner etwas nahmen und die vielen Kinder an Obst
und Gemüse kamen.

Zum Brunnen in der Mitte des Spielplatzes gehörte ein
kleiner Bach in einem Betonbett, in dem sich das ver-

schüttete Wasser und Regenwasser sammelte und in dem die Bewohner im Sommer die Beine kühlen konnten. Das Werk wurde fertiggestellt, und die Bewohner nannten den kleinen Park „Platz des Fiedlers". Es war kein billiges Unterfangen gewesen, und Andrei wusste, dass sich diese Investition für ihn nie rentieren würde, doch er freute sich, damit helfen zu können. Ob die Bewohner die positiven Veränderungen wirklich honorieren würden, erfuhr er nicht, denn die Mieter der billigen kleinen Wohnungen wechselten häufig. Die Kinder nahmen den neuen Spielplatz jedoch begeistert in Besitz. Viele Jahre später erfuhr er, dass die Siedlung abgerissen worden und geschlossen und an der Stelle ein neues Wohnviertel errichtet worden war. Aber den kleinen Park, der den „Namen" seines Spenders trug, den gab es immer noch.

Wie lange schon hatte er nicht mehr musiziert, wie lange keine neuen Geschichten gehört? Die Arbeiten hatten all seine Zeit in Anspruch genommen, und das Metrofahren fehlte ihm. Das neue Lebensniveau aber hatte seine Ansprüche verändert, er las gern in seinem Zuhause, manchmal verließ er die Wohnung tagelang nicht. Die Zeit verging, und er war noch immer allein. Da beschloss er zu verreisen. Er wollte nach Mexiko. Irgendwie hoffte er, dass das Mädchen von damals, das er im Nehru-Park getroffen hatte und das inzwischen ja auch eine Frau jenseits des mittleren Alters sein musste, auch gerade allein war. Da er nicht viel vom Internet verstand, kaufte er seine Flugkarte in einem Reisebüro, er erwischte eine Karte mit Zwischenstopp in zwei Wochen. Er bereitete sich nicht groß auf die Reise vor, aber er schaffte sich die Sonnenbrille an, die er sich früher einmal versprochen hatte. Er packte ein paar neu erworbene Kleidungsstücke in einen kleinen Koffer und legte auch einen Reiseführer dazu. Er erinnerte sich, dass das Mädchen in Mexico City gewohnt hatte, auch ihren Namen wusste er noch, er würde sich durchfragen. Er wollte gar nicht daran denken, wie aussichtslos es war, in einer der bevölkerungsreichsten Städte der Welt eine Stecknadel finden zu wollen, er machte sich einfach auf die Reise. Er hatte schon lange nicht mehr in einem Flugzeug gesessen, und in Mexiko war er noch nie. Höchste Zeit, die Kultur der geheimnisvollen Azteken und Maya zu erkunden. Und dass er das Mädchen finden würde, darauf vertraute er blind.

Die Zeit der Abreise rückte schnell heran. Er stand am Morgen auf, nahm seinen kleinen Koffer, setzte natürlich seine Sonnenbrille auf, die er sich beschafft hat, und begab sich auf den Flugplatz. Er fuhr mit der Metro, aber seine Geige hatte er nicht dabei. Er löste eine Fahrkarte und setzte sich zu den Fahrgästen. Er wartete auf die Wirkung der Sonnenbrille und ob ihn vielleicht jemand erkennen würde, denn er hatte ja immer auf dieser Linie gearbeitet. Tatsächlich rief ein halbwüchsiges Mädchen auf: *„Ah, da ist ja der Fiedler. Was ist mit dir, wohin bist du verschwunden?" „Die Morgen- und die Heimfahrten sind grauer ohne dich"*, hörte er auch von anderen, und es tat ihm gut, dass er so vielen Menschen gefehlt hat. Auch wenn er nur ein Staubkörnchen auf ihrem Lebensweg war – fehlte dieses Staubkörnchen, so merkte man sein Fehlen schnell. Oft merkt man erst, dass einem jemand wichtig ist, wenn er nicht da ist. Aber ihn mochten sie auch, als er noch regelmäßig mit ihnen Metro fuhr und sich ihre Geschichten anhörte. Er hätte nie gedacht, dass er jemandem fehlen könnte. Warmherzig antwortete er dem Mädchen nur, dass sich sein Leben verändert habe und er jetzt verreisen müsse. Er versprach, zurückzukehren und wieder Musik für sie zu spielen. Als er ausstieg, schwebten ihm Gute-Reise-Rufe hinterher, und diese netten Worte klangen ihm noch im Ohr, als er eincheckte. *„Nach Mexico City, und dann mit so wenig Gepäck?"* –, fragte ihn die Flughafenangestellte und stellte ihm lächelnd, mit ein klein wenig Misstrauen um die Mundwinkel, seine Bordkarte aus. Die Wartezeit verrann nur langsam, und er beschloss, alle Zeitungen einzusammeln, die herumlagen, denn die Nachrichten beschäftigten seine Fantasie schon immer. Er war gerade bei den außenpolitischen Nachrichten, als er ein Mädchen neben sich lachen hörte. Es war ein süßes kleines Wesen mit blauen Augen und blondem Haar. Wohin wollte sie wohl fliegen? Später stellte sich heraus, dass sie mit ihrer Mutter in derselben Maschine fliegen würde wie er. Er selbst hatte im hinteren Teil des Flugzeuges einen Platz bekommen, und wie sich herausstellte, saßen das Mädchen und ihre Mutter genau in der Reihe vor ihm. Als die Kleine eingeschlafen war, erzählte die Mutter, dass sie ein spätes Kind und es ein Wunder sei, dass sie überhaupt geboren wurde. Sie hatte fünfzehn Jahre auf den Mann, den Vater des Mädchens, gewartet. Er war verheiratet und hatte vier Kinder. Sie wollte die Ehe des Mannes nicht zerstören, verständlich. Mit den Jahren stellte sich aber heraus, dass die Ehe des Mannes doch nicht funktionierte, und die Ehefrau setzte ihn vor die Tür. Er zog zu ihr, seiner verständnisvollen Geliebten, die so lange durchgehalten hatte. Die Ehefrau fand auch einen Freund, und sie teilten die Kinder auf und erzogen sie in gutem Einvernehmen freundschaftlich. So etwas war selten, aber sie konnten normal miteinander reden, und die Kinder akzeptierten die Situation. Der Mann lebte nun seit der Scheidung bei ihr. Sie selbst hatte auch während ihres Verhältnisses versucht, einen anderen Freund zu finden. Aber sie liebte den Mann, der bis dahin nur ihr Geliebter war, so sehr, dass sie sich keinem anderen öffnen konnte. Sie hatte inzwischen ein Mädchen aus prekären Verhältnissen adoptiert, aber als der Mann endlich zu ihr und der Beziehung stand, wurde sie wie durch ein Wunder doch noch schwanger. Sie hatten nie verhütet, denn sie hatte ja immer gehofft, wenigstens ein Kind von ihm zu bekommen, aber als das nicht funktionierte, dachte sie, sie könne gar nicht schwanger werden. Als ihr Vater starb und sie ganz allein blieb, befürchtete sie zwar, ewig Junggesellin zu bleiben und ihr Leben ohne Nachkommen zu Ende zu leben, aber da stellte sich heraus, dass das Schicksal andere Pläne mit ihr hatte. Mit Mitte vierzig bekam sie ihr erstes Kind, von dem Mann, den sie immer geliebt hatte. Das Mädchen war ein wunderschönes Kind der Liebe. Sie wollte in Mexiko eine Freundin besuchen, die in Tulum Direktorin eines Hotels war. Der andere Teil der Familie, ihr Mann und ihre ältere Tochter, würden in einer Woche nachkommen. Andrei hörte ihr zu und erzählte, dass er auch eine Tochter habe, die aber schon erwachsen sei und von der er nichts wisse. Seine Reisegefährtin bemerkte streng, in dieser Angelegenheit müsse er handeln. Er solle seine Familie suchen, auch wenn das anfangs zu unangenehmen Situationen führen könne, solle er nicht aufgeben. Wie er jetzt in Mexiko beginnen solle, könne sie ihm auch nicht sagen, aber in den sozialen Netzwerken im Internet würde er aufgrund des Namens und der Stadt die gesuchte Person bestimmt finden. Sie wollte sogleich mit ihrem Smartphone ins Internet gehen und Andrei zeigen, wie er vorgehen müsse. Da sie im Flugzeug aber keine Handys benutzen konnten, schlug sie ihm vor, nach der Landung in ein Internetcafé zu gehen und eine Stunde auf die Suche zu verwenden, ehe er irgendwelche Behörden anriefe. Die sozialen Netzwerke seien heute das A und O, wer dort nicht zu finden sei, der existiere gar nicht. Die Leute teilen alle Informationen über sich, es werden Posts und Selfies veröffentlicht. Ja, das war an Andrei vorübergegangen, vor fünfzehn Jahren gab es nur sporadischen Internetzugang und den benutzte man zum E-Mail-Schreiben. Heutzutage lebten und hingen die Leute den ganzen Tag im Internet. Während des Jahres der Bauarbeiten hatte er zwar mit dem Gedanken gespielt, sich einen Laptop anzuschaffen, aber das könnte er ja jetzt während seiner Reise tun. Vielleicht würde er ein günstiges Angebot finden, dann könnte er sich gleich die neueste Entwicklung kaufen.

Nach der Landung machte er sich auf den Weg, seine Unterkunft zu finden. Er hatte ein Zimmer in einem einfachen Hotel gebucht. Es gab ein Internetcafé in der Nähe, in dem er sich auch bald niederließ. Er fand drei Frauen unter dem gleichen Namen, und er beschloss, alle drei unter ihrer Adresse aufzusuchen. Erst die Pflicht, dann hatte er noch Zeit zur Stadtbesichtigung. Noch am selben Tag machte er sich auf den Weg zu der ersten Adresse. Ein Halbwüchsiger öffnete ihm die Tür, er war mit seiner Großmutter zu Hause. Sie war krank, deshalb war er nicht in der Schule. Er sagte, seine Mutter sei auf Arbeit und käme abends nach acht Uhr nach Hause. Andrei bat ihn, ihm ein Foto von ihr zu zeigen, doch der Junge war dem ärmlich gekleideten Mann gegenüber misstrauisch, und er bat ihn, lieber wiederzukommen und mit seiner Mutter zu reden. So blieb Andrei nichts anderes übrig, als zur nächsten Adresse aufzubrechen. Auch hier hatte er nicht mehr Erfolg, er wurde von einem alten Mann mit Hund empfangen, der zwar wusste, dass seine Tochter mal in Indien war, vielleicht sogar zur selben Zeit wie er, aber er wisse nicht, ob es eine gute Idee sei, seine Tochter jetzt mit so etwas zu behelligen, denn sie habe eine große Familie, sei glücklich und bete ihren Mann an. Nachdenklich machte sich Andrei auf den Weg zu der dritten Adresse. Was würde ihn wohl dort erwarten? Er klingelte nicht, sondern setzte sich auf eine Bank gegenüber der Haustür und wartete. Es dauerte nicht lange, bis eine Frau aus der Tür trat, eine zierliche, freundlich wirkende brünette Frau mittleren Alters. Sie schien es eilig zu haben, da sie die Tür so hektisch abschließen wollte, dass sie den Schlüssel fallen ließ. Er folgte ihr. Sie betrat ein Postgebäude, also ging er auch hinein und stellte sich hinter sie in die Reihe. Die Frau, der er gefolgt war, reichte einen Stapel Schecks ein und gab Ansichtskarten auf, was ja heutzutage eine Seltenheit war, da jeder nur noch E-Mails an seine Freunde und Verwandten schrieb. Die Frau wandte sich um, und er sah sich in ihren Augen. Er wagte es aber nicht, ihr zu sagen, dass sie sich kannten, dass sie sich im Nehru-Park begegnet seien. Er begleitete sie aber bis nach Hause und fragte sie dort, was sich in der Stadt zu besichtigen lohne. Die Frau erklärte ihm bereitwillig die Sehenswürdigkeiten und empfahl ihm, sich ein Auto zu mieten und sich auch im Land ein wenig umzuschauen. Er solle unbedingt nach Teotihuacan fahren, und wenn möglich, auch auf die Halbinsel Yucatan. Teotihuacan sei ein wichtiger Bestandteil unserer Kultur, sagte die Frau, jeder Mexikaner schaue sich einmal in seinem Leben die Überreste der alten indianischen Kultur an Vieles sei leider nicht mehr erhalten, aber der Geist des Ortes verzaubere jeden. Vielleicht könnte er auch bei der Mondpyramide am Ende der Straße der Toten oder bei der Sonnenpyramide schräg gegenüber Energie tanken und die Großartigkeit und Vollkommenheit dieser mystischen Urkultur spüren.

Diese Begegnung war hochinteressant, aber außer der Freude, die Gesuchte gefunden zu haben, empfand er nichts. Sein Herz schlug nicht schneller, und er fühlte sich von der Frau auch nicht angezogen. Er fragte, ob sie Lust habe, ihn auf einem Spaziergang durch die Stadt zu begleiten. Sie antwortete, sie habe erst morgen Vormittag Zeit, heute müsse sie noch viel erledigen. Aber sonst ja, sehr gern. Andrei ging also zurück zu seiner Unterkunft, um ein wenig auszuruhen und nachzudenken. Durch den Jetlag wachte er am nächsten morgen früh, mit der Sonne auf. Er frühstückte und war bereit für den Spaziergang. Die Frau schlug vor, zur Guadalupe-Basilika, einem wichtigen Pilgerort der Katholiken, zu gehen. Unterwegs unterhielten sie sich viel, doch Andrei verriet immer noch nicht, wer er war. Er wartete, dass sie selbst darauf käme, aber sie erzählte nur von den Wundern von Guadalupe und von sich selbst. Während sie zwischen den Themen hin- und herwechselte, stellte sich heraus, dass auch sie geschieden war, ihre Kinder

bereits erwachsen waren und selbst Familien hatten. In ihrer freien Zeit reiste sie viel, sie habe viele Freunde im Ausland, mit denen sie traditionelle Briefe wechselte. Sie liebte es, Briefe zu öffnen und handgeschriebene Briefe zu lesen, und auch sie selbst schrieb gerne Briefe, manchmal schickte sie ihren Freunden auch Zeichnungen, die ihr diese seltsame Gewohnheit nachsahen. Sie erzählte ihm von den Maya und den Azteken, dem mystischen Verschwinden dieser Ureinwohner, und sie erzählte ihm von ihrer Reise nach Oaxaca in Südmexiko, ebenfalls eine wunderschöne Stadt, deren Farben an Rajastan in Indien erinnerten. Einst sei sie auch dort gewesen, und dieses riesige asiatische Land hätte sie tief beeindruckt. Andrei wollte sagen, dass er auch schon dort war, aber irgendwie gelang es ihm nicht, das Gespräch an sich zu reißen, und so fuhr die Frau fort, sie habe damals in Oaxaca verschiedene schwarze Keramikmasken gekauft, die sie seither in ihrer Wohnung aufbewahre. Dann erzählte sie, man könne unterwegs Mezcal kosten, ein Wundermittel gegen jegliches Leiden. In Europa ist das eher als Tequila bekannt. In Mezcal würde man oft Schmetterlingsraupen geben, was vielleicht nur ein Reklametrick sei. Aber da es heißt, so würde es auf jeden Fall besser schmecken, habe sie es ausprobiert. Ein beliebter Snack dort seien geröstete Grashüpfer, das müsse er unbedingt kosten, wenn er dort sei. Andrei wollte sich nicht einmal vorstellen, auf Grashüpfer Beinchen herumzukauen, aber er hörte ihr fasziniert zu und wurde immer neugieriger auf ihre Vergangenheit. Die Guadalupe-Basilika war interessant, er hätte gern an der Madonnenstatue verweilt, aber wegen der Menschenmengen konnte man nur auf einer Art Fußgänger-Fließband

121

daran vorbeilaufen, und so konnte er nur einen Blick auf sie werfen. Aber das war auch nicht das Wichtigste für ihn, viel wichtiger war ihm, die Frau besser kennenzulernen. Er hörte sich noch ein paar Informationen über die politische Geschichte des Landes an, wie durch die spanische Kolonialisierung die ursprüngliche Identität spurlos ausgelöscht wurde, und jetzt die wirtschaftliche Abhängigkeit von Amerika. Südöstlich von Oaxaca im Dschungel von Chiapas leben nicht nur Jaguare, sondern auch die Zapatisten, die südlichen Freiheitskämpfer, die 1994 auch internationale Aufmerksamkeit geweckt hatten. Interessant sei, dass sie bis heute so viel internationale Unterstützung von reichen europäischen Zivilisten bekämen, vor allem aus Süddeutschland träfen viele Spenden ein. Andrei hatte allmählich das Gefühl, gar nicht mehr dorthin reisen zu müssen, da er ja von seiner Begleiterin schon alle Informationen bekommen hatte. In ihm machte sich immer mehr der Wunsch breit, endlich allein zu sein. Die anfängliche Neugier schlug in eine Art Übersättigung um. Die Frau erzählte viel, zu viel, und es interessierte sie gar nicht, was dieser Herr, der zum ersten Mal hier war, dachte, was er wollte, woher er kam und was sein Ziel war. Sie aßen noch zusammen zu Abend. Darauf bestand Andrei, als Dankeschön für die ganztägige engagierte Reiseführung, und er hoffte ein wenig, sich in diesem Restaurant mit dem beeindruckenden Panorama bei Kerzenschein selbst ein wenig öffnen zu können, dass er die Chance bekäme zu sagen, warum er überhaupt nach Mexiko gekommen war. Sie bestellten alles Mögliche von der Speisekarte, was er unbedingt kosten sollte, damit er, mit den Worten der Frau „Mexiko spüren und schmecken" könne. Doch zu dem schicksalhaften Gespräch kam es nicht. Schließlich machte es ihm auch nichts mehr aus. Der Tag war schön, so wie er war, doch er hat mit dieser Frau nichts zu tun. Irgendwo wartete bestimmt jemand anderes auf ihn. Als er auf die Lichter der Stadt hinabsah, fiel ihm ein grünes Augenpaar ein. Aber um diese andere Frau zu vermissen, musste er erst so weit reisen. Das brachte ihn zum Lachen, was seine Begleitung nicht verstand, aber das war nun bereits egal. Er hatte einen schönen Tag in dieser riesigen Stadt verbracht. Es war unglaublich, wieviel er bereits über sie wusste, und er hätte nicht gedacht, dass sein Abenteuer so enden würde. Am nächsten Tag beschloss er, nach Hause zu reisen. Das Ticket konnte er nicht umschreiben lassen, und ein neues wäre zu teuer gewesen. So akzeptierte er das Angebot der Fluggesellschaft, am Wochenende nach New York und von dort aus nach Hause zu fliegen. Warum nicht, wenn der Preis so günstiger war, und er konnte sich noch diese großartige Stadt ansehen.

Als er in der Welthauptstadt des Geldes eintraf, führte ihn sein erster Weg in den Hafen am Ufer des Hudson. Früher, als er noch viel reiste, hatte er sich vorgenommen, einmal mit einem großen Ozeandampfer in die Karibik zu reisen, aber nach seiner Scheidung war auch daran nicht mehr zu denken. Es stand gerade ein Schiff mit 17 Etagen am Dock, und er fragte die Sicherheitsbeamten, wohin die Reise ginge. Es gehe nirgends hin, bekam er zur Antwort, sie bereiteten sich auf eine zweitägige Feier vor, das Schiff würde getauft. Es sei erst dieses Jahr fertiggestellt worden, habe schon eine Probefahrt hinter sich, aber die offizielle Übergabe finde heute statt.

Die Passagiere, Leute von Reiseagenturen, Vertreter von konkurrierenden Schifffahrtsunternehmen, Journalisten und zweitrangige Prominente, würden zwei Tage auf dem Schiff verbringen, alles ausprobieren und es feierlich einweihen. Andrei hätte gern teilgenommen und gewusst, wie ein Schiff getauft wird, ob die Sektflasche wirklich zerbrochen wird, wenn der „Pate" das Seil anstößt und die Flasche an die Schiffswand stößt. Aber er kam leider nicht an Bord. Er wartete ein wenig und konnte Bekanntschaft mit ein paar Passagieren schließen. Einige trafen zu spät ein, und manche kamen ans Ufer, um sich umzuschauen. So konnte er erfahren, wie es war, in der Kabine eines so großen Schiffes zu wohnen, im Glücksfall in einer mit Fenster, und mit noch mehr Glück und einem dicken Portemonnaie sogar mit einem Balkon. Er beneidete allerdings nicht die Passagiere, die in den Kabinen unterhalb des Wasserspiegels wohnen mussten. In diesem schwimmenden Hotel gab es immer irgendwo etwas zu essen oder zu trinken, eine echte Mastkur für die, die die verzehrte Speisemenge nicht in den kleineren Swimmingpools oder im Fitnessraum abtrainieren konnten. Für Unterhaltung sorgten viele weniger bekannte Künstler, die sich den nicht sehr hohen Erwartungen der Passagiere anpassten. Trotzdem nimmt die Zahl derer stetig zu, die diese Art zu reisen lieben, und die Schiffe und Schifffahrtgesellschaften schießen wie Pilze aus dem Boden. Eigentlich ist Reisen wichtig, auf Reisen sammelt man nicht nur Erfahrungen und Erlebnisse. Indem man die Kultur anderer kennen- und anerkennen lernt, lernt man auch Toleranz. Die Schiffsreisen eignen sich dazu, dass die Passagiere für einen Tag einen oberflächlichen Einblick in die Kultur dieser oder jener Hafenstadt erlangen, was die Aufnahmefähigkeit und die Ansprüche dieser Art Reisenden nicht übersteigt. Andererseits ist es besser, als den ganzen Tag daheim im Zimmer zu sitzen, fernzusehen und zu trinken. Auf einem solchen Schiff kann man wochenlang die Gesellschaft der anderen Reisenden genießen, die man inzwischen kennengelernt und an die man sich gewöhnt hat, viele sehnen sich genau danach. Dieses Schiff war für die wohlhabendere Mittelschicht konzipiert, aber es gibt auch an den Bedürfnissen der Jugend ausgerichtete Party Schiffe und Ozeandampfer für die nicht mehr so jungen, aber umso reiselustigeren Rentner mit extra für sie gestricktem Programm. Irgendwo ist immer etwas los, und das Personal liest den Gästen die Wünsche von den Augen ab, erzählte jemand. Man muss nur noch hoffen, dass man Meerestürme übersteht. Aber darum müsse man sich jetzt nicht sorgen, das Schiff bleibe ja drei Tage lang im Hafen und begebe sich erst danach auf seine erste, aber gar nicht mehr jungfräuliche Reise. Wellen konnten einem so großen Schiff zwar nicht viel anhaben, aber Andrei wollte sich trotzdem nicht vorstellen, wie es ist, wenn der Ozean zehn Meter hohe Wellen auftürmte.

In Sachen Umweltschutz müsse bei diesen Riesenkreuzern noch viel getan werden, denn der Ausstoß schädlicher Abgase sei nicht gering, die Abwasserwiederverwertung aber sei schon hervorragend gelöst, erklärte ein Fachmann, der es eilig hatte, weil er die Schiffstaufe nicht verpassen wollte. Andrei bewunderte das Feuerwerk vom Ufer aus, er beobachtete die elegant gekleideten Gäste, und während er den zu ihm dringenden Musikfetzen lauschte, überlegte er, dass er doch nichts verpasst hatte, nie im Leben auf diese Art gereist zu sein. Vielleicht würde er eines Tages, wenn er alt wäre und jemanden hätte, der gern mit ihm ein paar Tage mit tausend anderen Menschen zusammengepfercht verbringen wollte, irgendwohin schippern, vielleicht von England in die USA, wie einst die Titanic, natürlich mit weniger Eisbergen unterwegs.

Das Wochenende verstrich schnell; Andrei versuchte, alle Sehenswürdigkeiten zu besuchen, er stellte sich an, um aufs Empire State Building zu kommen, spazierte durch den Central Park, wo er nicht nur Kinder-, sondern auch Hundespielplätze sah, außerdem wunderschöne Bäume und Büsche, die den Menschen mit ihrem Grün Optimismus und Energie schenkten, er lief den Broadway bis Downtown entlang, setzte mit der kostenlosen Fähre nach Staten Island über und bewunderte die Freiheitsstatue.

Auf dem Flug von New York nach Hause saß er neben einem Amerikaner. Es war ein großer, gut aussehender Mann, der ihm erzählte, dass er zum ersten Mal nach Europa reise. Er hatte eine große Liebe, ein Mädchen, das ihn völlig ohne Eigeninteresse mit aufrichtigem Herzen liebte, aber er habe sie schlecht behandelt. Er habe drei Kinder, seine Frau war immer unzufrieden mit ihm, aber wegen der Kinder wollte er sie nicht für das Mädchen verlassen. Er kränkte das Mädchen oft aus Wut über sich selbst, dass er sich nicht entscheiden konnte, woran er ihr die Schuld gab. Er war wie gelähmt von der Wut der Untätigkeit und vor Angst. Deshalb verschwand er oft, um ihr nicht in die Augen sehen zu müssen. Seit

Jahren wisse er nichts mehr von dem Mädchen, aber jetzt, da seine Ehe endgültig gescheitert sei und keinen Zweck mehr erfülle, denn die Kinder seien inzwischen groß, habe er beschlossen, das Mädchen zu suchen. Seine Frau sei krankhaft eifersüchtig gewesen, habe ihn kontrolliert, sie stritten sich ständig. Deshalb war es für ihn verblüffend, als er erfuhr, dass sie schon seit Jahren einen Liebhaber hatte. Er sei nicht einmal der Vater seines jüngsten Sohnes, was an seiner Liebe für ihn nichts ändere. Er fand es immer seltsam, wie wenig er ihm ähnele, aber die Genetik hatte ja viele Überraschungen bereit, deshalb kam ihm kein Verdacht. Der Mann hatte eine schwere Kindheit, deshalb wollte er unbedingt, dass seine Kinder unter normalen Umständen, in einer Familie aufwachsen, aber durch die vielen Streitereien mit seiner Frau hatten die Kinder keinen ruhigen Abend. Nach der Trennung wurde auch sein Verhältnis zu den erwachsenen Kindern viel besser, sie achteten ihren Vater mehr und freuten sich, dass er endlich eigene Wege geht und sich von ihrer psychopathischen Mutter nicht mehr terrorisieren lässt. Er weiß nicht, ob das Mädchen ihm verzeihen könne, aber er müsse es auf jeden Fall treffen und ihm alles erzählen. Er hat sie noch nie um Verzeihung gebeten für sein zeitweiliges Abtauchen. Nun habe er aber das Gefühl, er wolle sein Glück in diesem einen Leben, das er habe, nicht fahren lassen. Er müsse sie sehen und mir ihr sprechen, er wolle sein restliches Leben mit ihr verbringen und, wenn es noch nicht zu spät war, eine Familie mit ihr gründen. Für die Liebe ist es nie zu spät, je älter man wird, desto mehr kann man lieben, sagte er. Man sah, dass diese Erkenntnis, die Andrei schon lange hatte, ihm Hoffnung gab.

Andrei konnte es nicht erwarten, wieder für die Menschen Musik zu machen. Er war nur für eine Woche fern von zu Hause gewesen, aber schon seit über einem Jahr war er nicht mehr dazu gekommen, in der Metro zu musizieren. Er hatte nicht das Gefühl, in der Zeit ein anderer geworden zu sein, denn auch früher hatte er viel gewusst, die Geschichten der Menschen hatten ihn eine Art Weisheit gelehrt. Was sollte er auch anderes tun, grundlegend ändern konnte er sich nicht mehr, und inzwischen mochte er auch, was er anfangs nur gezwungenermaßen, inzwischen aber sehr gern tat. Er sehnte sich nicht nach großen Abenteuern, nur nach einer Gefährtin, mit der er schöne Gespräche führen könnte und die etwas Heiterkeit in seinen Alltag brächte. Alles andere war unwichtig.

Er war froh, wieder zu Hause zu sein und in der Metro für die Fahrgäste zu musizieren. Schon vor einer Woche war ihm ein Mann aufgefallen, der es immer eilig hatte, nach Hause zu kommen und der heute Abend einen Blumenstrauß in der Hand hatte. Er war auf dem Weg zu seiner zweiten Ehefrau, wie immer. Er hatte früh geheiratet, seine Kinder waren schon erwachsen, als er merkte, dass er seiner Frau, an die er sich so früh gebunden hatte, nichts mehr zu sagen hatte. Vielleicht hatte er das auch früher nicht, aber sie waren mit der Erziehung der Kinder ausgelastet, und die sofortige Lösung akuter Fragen nahm so viel Zeit in Anspruch, dass er gar nicht merkte, dass sie nicht die Richtige war. Die Frau war sehr schön und jung, als sie heirateten, sie verbrachten nicht viel Zeit damit, einander kennenzulernen, denn schnell kam das erste Kind. Als sie aber später nur noch zu zweit waren in ihrem Dorf nahe einer großen Stadt, wohin sie nach der Geburt des ersten Kindes gezogen waren, gab es niemanden mehr, mit dem er hätte reden können. Die Gegend war langweilig, der familiäre Herd erloschen, und auch der Garten interessierte ihn nicht mehr. Er hatte das Gefühl, es nicht mehr auszuhalten, denn er hatte ja noch ein langes Leben vor sich. Also zog er in ein anderes Land, wo er sich selbst und eine wahre Gefährtin fand. Jetzt sei er glücklich, aktiv und habe Freude am Leben. Auch mit seinen erwachsenen Kindern habe er ein gutes Verhältnis, sie besuchten ihn häufig. Aber jetzt habe er keine Zeit mehr zum Unterhalten, er müsse schnell nach Hause zu ihr!

Da beschloss Andrei, auch zu handeln. Schon seit Tagen fuhr er auf der gewohnten Linie durch die Stadt, vielleicht sollte er daran mal etwas ändern. Er sollte eine andere Linie ausprobieren, um sie zu treffen. Anrufen wollte er sie noch nicht. Erst später, wenn er bereit für ein erneutes Treffen sein würde. Und dann war es so weit. Eines Abends rief er sie doch an. Am anderen Ende der Leitung gab es kein Erstaunen, kein Nachfragen, einfach nur Freude auf ein Wiedersehen. Und so begannen sie erneut, einander kennenzulernen. In den ersten Wochen wollten sie jede Stunde miteinander verbringen, und alles war wunderschön. Doch dann bat die Frau, wer weiß warum, um eine Pause. Es ginge ihr alles zu schnell, sagte sie. Es vergingen Monate ohne einander, dann häuften sich wieder die Anrufe. Sie begannen – den Errungenschaften der Technik sei Dank – einen lebhaften E-Mail-Wechsel. Auf diese Weise sei es leichter, sich zu öffnen, sagte die Frau, wenn man dem anderen dabei nicht in die Augen sehen muss. Auf dem Cyberweg war es leichter, einander alles zu sagen und Fragen zu stellen, die einem im persönlichen Gespräch vielleicht peinlich waren.

Sie trafen sich wieder einige Male, bis diese Treffen alltäglich wurden. Es gab keinen Tag mehr, den sie nicht miteinander verbrachten. Und doch funktionierte es nicht so, wie er es sich vorgestellt hatte. Fehlte etwas, oder konnte er einfach das Gute nicht mehr genießen? Oder war er schon zu lange allein und sehnte sich wieder nach der Einsamkeit? Und so kam die Zeit schnell heran, da Andrei das Gefühl hatte, wieder allein sein zu wollen. Er wusste den Grund nicht, vielleicht hatte er Angst, vielleicht war er das Alleinsein schon zu sehr gewohnt. Er rief sie wochenlang nicht an, und sie sahen sich auch nicht.

Dann bekam er einen Brief von ihr:

„Mein Liebster,
ich weiß, dass ich es war, die immer eine Pause wollte, aber jetzt spreche doch ich es aus, dass Du mir fehlst, dass mir unsere Chats und unsere wöchentlichen Telefongespräche fehlen. Du hattest Recht: Wir können einander sowieso nicht „widerstehen". Aber erlaube mir bitte, dass ich es Dir übelnehme, wenn Du „herumeierst". Ich versuche, Dich zu nehmen, wie Du bist. Tu das auch mit mir, obwohl ich glaube, dass es mit mir leichter ist. Ich bitte Dich innigst, ein wenig offener, aktiver zu sein, das wäre schön.
Du bist nicht nur diejenigen, den Du Dich selbst siehst, sondern auch derjenige, den andere sehen. Das sage ich, weil ich zwar einen „Hort des Friedens" in Dir sehe, Du aber immer

leugnest, das zu sein. Du verstehst nicht, dass Du auf mich so wirktest. Ich, war friedlich und ausgeglichen durch Dich, fühlte mich wohler in Deiner Gesellschaft. Es kann sein, dass Deine Seele währenddessen in Aufruhr war, aber ich war neben Dir wie ein stiller See am Morgen (oh, wie lyrisch ich bin). Vielleicht irre ich mich, aber ich habe das Gefühl, Du bestrafst Dich selbst für irgendwas, dabei hättest Du schon merken können, dass Du das nicht brauchst. Es ist alles so geschehen, weil in Deinem Leben etwas gefehlt hat, und deshalb bist Du weder böse noch schlecht. Wie Du gelebt hast, was Du getan hast, das kann jedem passieren.

Ich glaube auch nicht, dass Du Dir selbst genügst, dass allein zu sein am besten ist. Alleinsein ist gut, aber nicht immer. Ich glaube nicht, dass die Götter/der Gott/das Schicksal (wähl Dir eins aus) Dir das zugedacht haben. Und am wenigsten hätten Deine Eltern Dir dieses Schicksal gewünscht. Ich weiß, Du denkst bestimmt, Du wüsstest am besten, was gut für Dich sei. Das ist nicht sicher.

Und jetzt zu mir... Ich habe unseren Mai nicht verstanden. Ich weiß nicht, warum Du mich damals nicht angerufen oder eine SMS geschickt hast; was hat Dich zurückgehalten? Aber eines weiß ich ganz sicher: Du hast künstlich (die ganze Zeit, nicht nur im Mai) einen gewissen Abstand zu mir gehalten. Was wäre Dir zugestoßen, wenn Du mich näher an Dich herangelassen hättest? Wovor hattest Du Angst? Dass Du Dich an mich verlierst? Dass ich das irgendwie ausnütze? Oder vermute ich bei Dir mehr, als Du bist? Dann wiederhole ich noch mal, dass wir durchaus auch die sind, die andere in uns sehen. Der Seele tut es immer gut, wenn sie Freude oder Leid mit einem Freund teilen kann. Wenn wir stürzen, ist es gut, wenn uns jemand auffängt. Und ja, ich habe immer noch das Gefühl, dass wir nicht zum ersten Mal leben, dass wir schon

einmal miteinander zu tun hatten. Aber bevor ich ins Esote-
rische abgleite, höre ich auf.
Du fehlst mir übrigens nicht, weil ich einsam wäre. Nein, das
bin ich ganz und gar nicht. Ich komme und gehe im Univer-
sum, aber ich habe das Gefühl, dass wir einander mehr wa-
ren. Eins steht fest: Ich habe nichts im Zusammenhang mit
Dir bereut. Du warst ein Geschenk des Schicksals.
Das wollte ich nur sagen. Ich hoffe, wir telefonieren und reden.
Ich schicke Dir Kraft und Liebe.
Ich"

Dieser Brief konnte nicht unbeantwortet bleiben. Und
man konnte nicht „Nichtnachdenken". Ja, sie fehlte ihm,
und nach den stürmischen Anfangswochen des Zusam-
menfindens hätte er nicht so leicht aufgeben dürfen. Jeder muss lernen, sich anzupassen, und er würde es auch
versuchen. Dieser Frau war er wichtig, und sie würden
schon einen gemeinsamen Lebensrhythmus finden, in
dem keiner den anderen stört und jeder sich über die
gemeinsame Zeit freut. Alles war besser als einsam zu
sein. Wenn man als ein gemeinschaftliches Wesen auf
die Welt gekommen ist, gibt man das nicht auf, wenn es
nicht sein muss. Ja, er war ein gemeinschaftliches Wesen. Kein Einsiedlertyp, er brauchte Gesellschaft. Er beneidete seit jeher Menschen, die allein leben und über
alles alleine entscheiden konnten, aber er war nicht so.
Er hatte es fünfzehn Jahre lang ausprobiert, aber wenn
er ehrlich zu sich selbst war, dann waren eben die Fahrgäste seine Gesellschaft. Vielleicht konnte er sich auf gar
keine neue Beziehung einlassen, solange er Metro fuhr?
Das war möglich. Da er nur ein Leben hatte, beschloss
er, es zu versuchen. Er würde nicht weiter in der Metro

Musik machen. Er hatte nun seine eigene Geschichte und wollte nicht mehr das Leben der anderen leben. Er musste seinen eigenen Weg beschreiten. Er würde versuchen, in den grauen Alltagen Schönheit zu finden und wieder zu reisen. Mit ihr. Sie würden zu zweit nach Afrika fliegen, in Gegenden der Welt, in denen keiner von beiden je war. Gemeinsame Erlebnisse stärken die Beziehung, hatte einmal ein Fahrgast gesagt.

Eines Tages hat Andrei einen jungen Mann beobachtet. Er guckte die Mitreisenden mit neugierigen Augen an. Andrei wurde neugierig, und hat sich neben ihn gesessen. Er wollte aber nicht sprechen. Plötzlich sah er, dass eine Frau mit 3 hübschen Mädchen eingestiegen ist. Der junge Mann wurde nervös. Andrei hat niemals jemanden angesprochen, jetzt konnte er aber nicht widerstehen. *„Kann ich Ihnen helfen?"* – fragte er den jungen Mann. *„Nein, Sie können mir nicht helfen. Niemand kann. Ich schäme mich und hoffe, dass diese Frau mich nicht erkannt hat. Sie hat meiner Familie unglaublich viel geholfen und mich von Herzen geliebt. Mein Vater hat mir verboten meine Frau frei auszuwählen. Ich musste von unserem Clan heiraten. Ich habe diese Frau sehr verletzt und gedemütigt. Ich kann nicht in ihre Augen gucken. Meine Ehe ist unglücklich, ich kann die strengen Regeln und die ständige Kontrolle meiner Familie nicht mehr ertragen. „Warum nehmen Sie nicht Ihr Schicksal in die eigene Hand?" „Ich kann meinem Vater nicht widersprechen. Ich will, dass er stolz auf mich ist."* – antwortete er, aber seine Antwort war nicht überzeugend. *„Ein Vater, der sein Kind ins Unglück zwingt, verdient keinen Respekt!"* – bemerkte Andrei, und fühlte sich unwohl neben diesem Mann. *„Ich liebe meinen Vater. Ich* *mache ihn glücklich damit, dass ich seinem Wunsch nachge-he.*" – erwiderte der junge Mann, und stieg schnell aus. Andrei konnte ihn nicht verstehen. Jeder ist verantwortlich für das eigene Glück. Andrei war froh, dass seine Eltern immer sein Bestes wollten. Seine Eltern waren immer stolz auf ihn. Sie haben nie Bedingungen gestellt. Entweder liebt man ohne Erwartungen und ohne Gründe oder man liebt man. Es war sein letztes Gespräch. Er hat sich entschieden, dass er sich ab jetzt auf sein eigenes Leben konzentriert und versucht sein eigenes Schicksal in die richtige Richtung zu lenken. Unsere Aufgabe ist auf dieser Erde glücklich zu sein. Er wollte geliebt werden, so sehr, wie diese Frau den jungen Mann geliebt haben mochte. Er wusste, dass er ein neues Kapitel seines Lebens aufschlagen will.

Er wollte eben aus der Bahn aussteigen, als er einen Mann bemerkte, den er seit langer Zeit nicht mehr gesehen hat. Der Mann hat früher immer einem beeindruckenden Hund dabeigehabt, einen sehr alten und friedlichen Hund, einen Bernhardiner. Der Hund lag ruhig bei der Fahrt und Andrei hat Sorge gemacht, dass jemand von versehen auf seine Nase oder auf seine Beine tritt. Andrei mochte den Hund sehr. Jetzt fiel ihm ein, dass der Hund fehlte. Andrei hat lange überlegt, ob er den Mann befragt, hatte jedoch Angst, dass er ihn vielleicht verwechselte. Dann hat er ihn doch angesprochen. „*Entschuldigung für die Störung, ich will nicht unhöflich sein. Ich habe Sie vor langer Zeit beobachtet, wie liebevoll Sie um Ihren Hund kümmerte. Darf ich fragen, wie es dem Hund geht?*" Die Augen des Mannes wurden von Tränen bewölkt. Er hat sehr langsam und sehr leise geantwortet. „*Der Hund*

lebt nicht mehr. Ist von uns gegangen. Es war eine schmerz-
hafte Entscheidung was ich beim Tierarzt treffen musste.
Der geliebte Hund musste eingeschläfert werden." Andrei
wusste nicht, was er antworten sollte. Er war schockiert
und wurde sehr traurig. Er versuchte den Mann zu trösten, dass vielleicht er einem neuen Hund eine Chance
geben sollte. Er hat seine Sprache verloren, irgendwie
funktionierte mit Trösten nicht. Er war selbst sprach-
los. Dieser alte Hund hat uns allen das Herz berührt.
„Danke, dass sie nach meinem Hund gefragt haben" – verabschiedete sich schnell der Mann –, *„es war sehr wichtig*
für mich". Als der Mann wegging, kamen Tränen in Andreis Augen. Er hat noch lange nach dem Hund nachgedacht. Er hat vergessen seinen Namen zu erkunden. Das
Bild bleibt schon immer und ewig in seinen Gedanken
eingeprägt, wie dieser Hund jeden Morgen auf die Bahn
wartete und mit treuem Blick auf diesen Mann schaute,
auch wenn er nicht mehr sehen konnte. Er ist jetzt auf
den Felder der ewigen Jagd und schaut treu auf diesen
netten Mann runter.

Er beschloss, dass er sein Leben ändern und seine Tochter suchen würde. Was auch immer passiert – er musste
wissen, was aus ihr geworden ist. Ohne sie konnte sein
Leben kein ganzer Kreis sein. Er musste dazu stehen,
einen Fehler gemacht zu haben. Die verlorenen Jahr-
zehnte konnte er nicht wiedergutmachen, aber er wollte
wenigstens im letzten Abschnitt seines Lebens so leben,
wie er es eigentlich immer wollte.

Er wusste nicht, ob er sein Leben wirklich beleben wollte, aber er spürte, dass eine Lücke bleiben würde, wenn
er es nicht täte. Also machte er sich auf die Suche. Es
stellte sich heraus, dass er ein Enkelkind hatte, das nicht
einmal weit von ihm, sogar in derselben Stadt wohnte
wie er. Warum hatte er das nie gespürt? Sollte er anrufen oder persönlich hingehen? Er konnte sich nicht entscheiden. Wochenlang zerbrach er sich den Kopf darüber,
spazierte täglich an der ermittelten Adresse vorbei so,
dass er langsam jeden Baum und jede Straßenecke in der
Gegend kannte. Was für ein schöner Mai das war, und
auch die Magnolien blühten schon. In der Straße gab es
einige davon, und auch ein paar Gingkobäume mit ihren
interessanten Blättern. Die Gegend gefiel ihm. Ihm fiel
ein, irgendwo gelesen zu haben, dass es buddhistische
Mönche waren, die die ersten Magnolien gepflanzt hatten. Die weißen Blüten des Baumes waren für sie das
Symbol der Reinheit. Wer mochte sein Enkelkind sein?

War es wunderschön und unschuldig, und wem ähnelte es? Welche Haar- und Augenfarbe hatte es? Er dachte viel darüber nach während er dort herumspazierte, bis er an einem Regentag allen Mut zusammennahm und an der Tür klingelte. Die Begegnung war unkompliziert und kaum dramatisch. Man freute sich einfach über ihn, fragte nicht viel und erwartete keine Antworten. Es war, als seien sie nie getrennt gewesen. Seine Tochter war erleichtert, dass es ihm gut ging und er wieder auf die Beine gekommen war. Das war beim letzten Mal, als sie ihn gesehen hatte, nicht der Fall. Aber damals war sie noch ein Kind, die Erinnerungen tauchten alles in milderes Licht, und die Wut war mit der Zeit der Sehnsucht gewichen. Sein Enkelkind war ein hübsches Mädchen mit braunem Haar und braunen Augen, das ihn an der Hand nahm und ihm das Kinderzimmer zeigte. Es betrachtete ihn sofort als Spielkameraden, und als er aufbrach, fragte es ihn, ob er am nächsten Tag wiederkäme. *„Ja, von heute an jeden Tag, wenn du es möchtest"* –, antwortete Andrei.

DAS LICHT VON DENDERA

Annabell war neugierig. Sie wollte die Festreden auf gar keinen Fall verpassen. Sie hat im Internet den Link zu der online Übertragung geöffnet. Die Veranstaltung hat eben angefangen. Große Ereignisse der Geschichte waren gewürdigt. Plötzlich hörte sie eine vertraute Stimme. Woher kennt sie ihn? Seine Stimme konnte sie nicht vergessen. Vor etwa zehn Jahren hat sie ihn mal kennengelernt, sie konnte sich noch an eine gemeinsame Fahrt mit seinem Auto erinnern. Sie konnte sich nicht mehr an seinen vollständigen Namen erinnern. Sie mochte seine Stimme und ihr Herz klopfte. Sie hat ihre E-Mails durchgecheckt. Früher haben sie sich paar Mal Briefe geschrieben. Danach verschwand er spurlos. Annabell hat damals nicht mehr an ihn gedacht. Sie hat ihr Leben geführt, ohne nur einmal an ihn zu denken. Die Stimme hat ihre Aufmerksamkeit geweckt. Sie hat keine Spuren finden können. Wie war noch mal sein Nachname? Sie hat angefangen auf Google zu suchen. Registrierte Dolmetscherbüros ... Nein. So kommt sie nicht voran. Dann fiel ihr eine Abkürzung ein. So hieß damals seine Firma ... Sie hat eingetippt und wartete nervös. Gefunden! Die Erinnerung war wieder da. Sie hat seinen Namen und eine Email Adresse gefunden. Sie nahm ihr Phone und fing an zu schreiben. *„Ich habe deine Stimme erkannt. Wie geht es dir?"* Am nächsten Tag kam seine Antwort. *„Küss die Hand, liebe Annabell, wie schön, dass du dich meldest. Es*

freut mich sehr etwas über dich zu hören. Hier ist meine Telefonnummer. Ruf mich an, wenn du Zeit hast." Sie speicherte
seine Nummer und dachte, dass sie sich demnächst mal
wirklich bei ihm meldet. Sie schrieb ihm auch ihre Telefonnummer. Sie konnte sich leider an nichts erinnern,
wie es damals war. Er war erfolgreich und sie war eine
Berufsanfängerin. Sie fand ihn damals sehr attraktiv,
aber sehr hochnäsig und ziemlich selbstbewusst. Er hat
sie damals nicht ernst genommen und sie hat sich nicht
getraut sich an ihm zu messen. Vielleicht hat er sich verändert? Nächste Woche hatte sie einen unbekannten Anruf bekommen. Private Nummer. Wer ruft sie unter einer
versteckten Nummer an? Sie hatte nur einen Bekannten,
der seine Nummer verheimlichte. Sie mochte ihn nicht,
so hat sie sich entschieden den Anruf nicht entgegen zu
nehmen. Das Telefon klingelte nochmal. Wieder Private
Nummer. Dann nochmal. Jetzt erschien eine Nummer,
die sie vor kurzem zu ihren Kontakten zugefügt hat. Sie
war erleichtert. Es war er, mit der vertrauten und unver-
gesslichen Stimme. *„Wie geht es dir?"* – fragte er, als in
den letzten 10 Jahren nichts passiert wäre. *„Danke. Mir
geht es gut. Und dir? Ich erzähle alles, wenn wir uns treffen.
Wann hättest du Zeit? Ich bin Ende nächster Woche nach-
mittags frei. Nach 18 Uhr am Freitag hätte ich Zeit."*

*„Hervorragend. Dann treffen wir uns um 18 Uhr! Ich
habe nur eine Stunde Zeit, ich möchte dich unbedingt sehen."*

Als sie nach so langer Zeit sich wieder trafen, schien
alles, als ob nichts passiert wäre. Sie fühlten sich nicht älter und sie waren neugierig auf einander. Er hatte Hunger,
wollte eine Pizza essen, aber sie trank nur Orangensaft.

*„Isst du einen Nachtisch mit mir? Ich mag sehr Süßes,
ich fotografiere es sogar, wenn ich etwas besonders gut fin-*

de." Er hat die Dessertkarte durchgeblättert und hat eine
Komposition mit viel Schokolade, Sahne und mit gelb-
braunen Kuchenstücken ausgewählt. Er war begeistert
und aß mit großem Genuss. Sie wollte keinen Nachtisch.
Irgendwie mochte sie kein Süßes. Sie aß auch sehr selten Eiskrem. Sie trank gerne frisch gepresste Säfte und
entkoffeinierten Wiener Melange.

Das Treffen war angenehm. Nichts Besonderes, wie
sein Nachtisch, aber sehr interessant. Sie haben von
der Außenwelt nichts wahrgenommen. Sie unterhielten
sich und beide waren sehr fröhlich. Obwohl sich die be-
drohlichen Nachrichten immer näherten. Ein Virus war
unterwegs, weit weg, auf einem anderen Kontinent. Genügend weit dazu, dass sie es noch nicht für so wichtig
hielten. Sie plauderten ungestört. Er erzählte über die
letzten Jahrzenten seines Lebens und sie hörte zu. Sie
lachten und gingen nicht tief in das Privatleben vonei-
nander ein. Es gab keine weitere Verabredung, aber das
war auch nicht nötig. Es war selbstverständlich, dass sie
sich nächstes Mal, wenn sie wieder mal Zeit für einander haben werden, treffen werden. In den nächsten Wochen rief er öfters an, nur um sich zu erkundigen, wie es
ihr geht. Er wollte nicht wissen, was sie tut, wie sie sich
fühlt. Er wollte einfach ein Lebenszeichen geben. Die
Anrufe waren ihr nicht so wichtig, dass sie sie vermisst
hätte, wenn sie ausfallen würden.

Sie lebte ihr Leben, zwischen Arbeit, Freunden und
Gefühlen, die manchmal hochstiegen, um mit ihr in die
Himmel fliegen zu wollen, um sie danach fallen zu lassen. Sie mochte es sehr mit ihren Freundinnen in einem
guten Café zu sitzen und über Bekannte schon lange in
die Vergessenheit geratene Geschichten zu erzählen. Es

tat immer gut, die wohl gekannten Stories mit neuen Erkenntnissen zu ergänzen und nochmal zu erleben. Manchmal ging sie ins Kino, den sie liebte Filme. Wenn sie im Kino saß, vergass sie alles und erlebte mit den Helden der Filme alle Abendteuer mit. Früher wollte sie Ärztin werden, doch am Ende hat sie einen ganz anderen Beruf gewählt. Sie wurde Reiseleiterin. Sie hatte Kunstgeschichte studiert. In ihrer Freizeit hatte sie sich sehr für Physik interessiert, doch sie ging nie mehr zur Uni zurück, um diese Zuneigung zu vertiefen. War es ein Fehler? Sie dachte nie darüber nach. Sie las regelmäßig Artikel über ihr Lieblingsfach und besuchte ab und zu mal Vorlesungen.

Sie hatte Stadtbesichtigungen für Touristen in ihrer Heimatstadt geführt. Selten reiste sie in andere Länder mit, wenn Reisebüros sie gefragt haben mitzufahren. Ihr Lieblingsland war Ägypten, sie hat sehr viel über die Kultur dieses Landes gelesen. Sie sammelte Bücher, Studien und Artikel, aber sie fand auch interessante Videos im Internet. Sie wollte die Geheimnisse der Sphinx einmal entdecken. Sie wollte wissen, was sich unter dieser Statue verbirgt, ob dort wirklich das Grab von Isis und Osiris befindet. Gibt es dort wirklich einen unterirdischen See? So viele unbeantwortete Fragen ... Sie fand alle Pyramiden faszinierend, wenn sie die Möglichkeit hatte, ging sie in diese riesigen Bauwerken rein und hielt sich immer länger auf, um die Atmosphäre dieser geheimnisvollen Orte einatmen zu können. Sie glaubte nie, dass sie Grabstätte der Pharaonen waren, ihr schienen diese Riesen eher als Kraftwerke, wo einmal in den alten Zeiten viel Energie produziert wurden. Immer, wenn sie in ihre Nähe kam, füllte sie sich wie aufgeladen.

Zurzeit hatte sie nur ein paar Reisegruppen, zwischen den Führungen hatte sie die Nachrichten kurz durchgeblättert. Die Touristen haben ihr über einen Virus erzählt, die viele Menschen krank machte. China war zwar weit weg, trotzdem haben einige schon Gedanken gemacht und ihr Mitgefühl mit den Erkrankten geäußert. Als ihr Handy klingelte, war sie eben dabei von dieser geheimnisvollen Krankheit einen wissenschaftlichen Artikel zu lesen.

„Hallo, wie geht es dir?"

„Oh jäh, danke, ich mache mir Gedanken über meine bevorstehende Reise. Ich habe Informationen gelesen, dass es nicht mehr so ungefährlich ist zu fliegen und zu verreisen. Hast du schon über den Corona Virus gehört? Denkst du, dass es für uns gefährlich sein könnte?"

„Ich weiß es nicht, ich habe mich damit noch nicht beschäftigt. Hast du Zeit nächsten Samstag? Ich habe einen

Termin bis 22 Uhr, danach könnten wir uns treffen, falls du noch nicht schläfst."

„Oh, großartig. Ich habe davor ein Konzert, passt prima. Dann, bis bald."

Sie las weiter. Sie konnte es kaum vorstellen, dass in Europa etwas Schlimmes passieren könnte. Europäer haben ihre Umgebung zwar schon vernichtet, es gibt zu viel Müll, Luftverschmutzung und Lärm. Trotzdem konnte sie nicht vorstellen, dass etwas Furchtbares auf diesem Kontinent passieren würde. Wenn sie das Mittelmeer bereiste, vermisste sie die Delphine, sie hat immer gehofft, auch in dem europäischen Gewässer diese wunderbaren Tiere beobachten zu können. Diese Hoffnung blieb zu vergeben.

Sie lebte allein. Sie fand, dass Menschen immer weniger Zeit für einander haben, sie beschäftigen sich nur mit ihren Smartphones. Irgendwie zwischen Arbeit und Schlafzeit werden die Zeiten immer kürzer, deswegen hat sie immer aufgepasst, dass sie dem Schwimmen, Lesen, Kino und ihren Freundinnen genügend Aufmerksamkeit schenkt. Sie blieb in dieser Hinsicht eher altmodisch, sie mochte persönliche Begegnungen statt Kurznachrichten und Telefonaten. Trotz all dies mochte sie ihre Welt und hat niemals mit den Gedanken gespielt, dass etwas schieflaufen könnte. Sie las die Zeitung weiter und kam zu den Bunten. Da war ein Bericht über die Sphinx. Niemand wusste, wie alt diese riesige Statue ganz genau ist. Es gab mal immer wieder Schätzungen, die aber niemals die Mehrheit der Wissenschaftler überzeugen konnten. Sie glaubte, dass der Löwe mit dem menschlichen Gesicht mehrere Zenttausend Jahre alt sein sollte. Immer, wenn sie die Gelegenheit hatte nach Ägypten zu reisen, hat sie

sie aufgesucht. Sie hat immer gehofft, dass sie dort etwas rausfindet, was diese Skulptur zu sagen hat. Es kamen leider doch keine Entdeckungen und keine historischen Gedanken, die ihr etwas hätte, weiterhelfen können. Sie hat die drei Pyramiden in Giza sogar beim Sonnenuntergang aufgesucht, um zu sehen, ob das Licht der Sonne auf irgendwelchen Spuren hinweist. Es war wunderschön, hat ihr aber leider kein Geheimnis verraten.

Als sie wieder darüber nachgedacht hat, hat sie sich entschieden, dass sie doch die Einladung nach Luxor wahrnimmt. Es wird dort ein spezieller Kurs für Reiseleiter organisiert. Im Rahmen dieses Kurses sollte die ganze Hathor Tempelanlage in der nahen liegenden Stadt, Dendera und dadurch die Geschichte Ägyptens vorgestellt, erklärt und neubeleuchtet werden. Bevor sie verreiste, wird sie sich nochmal mit diesem alten Bekannten treffen. So passt das ganze besser zusammen. An dem Abend nach dem Konzert war sie zwar sehr erschöpft, aber sie hat ihn doch angerufen, um sich zu melden, dass sie bereit ist ihn zu treffen.

„Wo bist du? Wo treffen wir uns?" – fragte sie ihn am Telefon.

Er gab die Koordinaten ein, und sie ging zu dem angegebenen Ort. Es war eine sehr helle Nacht, der Vollmond strahlte. Sie mochte den Mond, obwohl der alte Gefährte irgendwann zu uns untreu wird und uns verlassen wird. Es wird sehr lange dauern, aber es sollte die Tatsache sein, dass der Erdtrabant sich jedes Jahr mit kleinen Schritten von der Erde entfernt – hat sie schon in einer wissenschaftlichen Dokumentarsendung gehört. Der Klimawandel entweder von Menschen verursacht oder von diesem Ereignis, dass unser Klimaregulator uns verlässt, beschäftigte sie von Mal zu Mal. Der Mond faszinierte viele antike Kulturen, die Azteken haben Kalender von den Phasen des Mondes zusammengestellt. Der Mond faszinierte auch sie. Wenn sie jemanden vermisste, schaute sie hoch zu dem Mond und dachte an den gesehnten Personen nach. Sie konnte ihre Gedanken nicht weiterführen, da er plötzlich neben ihr stand.

„Hallo, hast du Lust auf einen Spaziergang?" Parallel klingelte ihr Telefon. Sie strahlte auf das Display, denn er rief sie an. *„Warum rufst du mich an, wenn du neben mir stehst?"* Fragte sie. Er wunderte sich. Das Telefon hat wahrscheinlich zufällig die letztgewählte Nummer wiederangerufen. Er trug sein Telefon immer in der Tasche seines Hemdes, wofür sie mit ihm immer schimpfte. *„Du darfs dein Handy nicht so nahe zu deinem Herz tragen. Das kann später zu Erkrankungen beitragen. Du musst vorsichtiger sein."* Er lächelte sie an, und sagte, dass sie das schon damals gesagt hätte. Trotzdem hat er sich nie darauf gehalten.

Der Abend verging schnell und sie verabschiedeten sich. Wieder keine Fortschritte und wieder ohne weitere Verabredung. Sie war sicher, dass es vielleicht wieder zehn Jahre dauern wird, bis sie sich widersehen. Freunde bleiben immer Freunde auch wenn sie nicht jeden Tag telefonieren oder sich sehen.

Am nächsten Tag musste sie vieles erledigen und ihren Koffer packen. Sie musste überlegen, was für Kleidungen sie mitnehmen sollte und überhaupt was für einen Koffer sie nehmen sollte. Sie brauchte immer einen großen Koffer, egal wie lange sie verreiste. Sie mochte nicht, wenn etwas eben fehlte, was sie brauchte. Sie hat immer viel mehr Klamotten reingestopft, dass sie am Ende ihren

Koffer kaum schließen konnte. Sie wollte auch mehrere Schuhe mitbringen, für alle offizielle Anlässe und natürlich für die Ausflüge. Sandalen, Flipflops und Highheels. Sie hoffte, dass sie die passenden Farben getroffen hatte, damit sie immer elegant und farblich abgestimmt auftreten kann. Nach ein paar Stunden war sie zufrieden und schlief schnell ein.

An dem Morgen der Abreise stand sie früh auf, um alles nochmal zu überlegen, ob alles eingepackt wurde, was sie brauchte. Der große rote Koffer sah gar nicht so erschreckend aus, wie sie es noch gestern dachte. Eigentlich brauchte sie die Hälfte der eingepackten Klamotten nicht, aber sie hatte keine Lust nochmal alles auszusortieren. Als sie endlich fertig wurde, fuhr sie zum Flughafen und flog nach Ägypten, wo sie sich auf viele Abendteuer freute.

Schon am Flughafen in Luxor hatte sie viele ihrer Kollegen kennengelernt, mit denen sie ins Hotel fuhr. Es war sehr spannend, denn Keiner wusste, wie das Programm aussieht. Es sollte eine Überraschung werden, was sie erst bei der Besprechung mit dem Gastgeber erfahren würden. Sie war erleichtert, als sie es endlich zur Hand bekommen hat. Das Programm war vielversprechend mit vielen Ausflügen aber auch mit vielen Gesprächsrunden, an den sie über Ägypten und seine Sehenswürdigkeiten lernen werden. Der erste offizielle Teil war endlich vorbei und sie konnte das Hotelangebot erkundigen. Sie wollte keine Massage und keine Heiltherapien, sie wollte schwimmen und danach essen gehen. Sie mochte die ägyptischen Spezialitäten, deswegen hatte sie sich für ein Restaurant außerhalb des Hotels entschieden.

Nach der obligatorischen Schwimmrunde hatte sie sich hübsch gemacht und ging ins Hotellobby, wo sie nach einem Taxi fragte. Der Taxifahrer stand sofort bereit und hat ein nettes Restaurant in der Nähe empfohlen. Nachdem sie ihr Lieblingsessen aus der Speisekarte bestellt hat, fühlte sie sich zufrieden. Das Wetter war angenehm, noch nicht so heiß, wie im Sommer und eine leichte Briese machte es noch angenehmer. Es war Frühling und sie mochte diese Jahreszeit. Nach dem Abendessen machte sie noch eine kleine Fahrt in der Stadt. Während der Fahrt hat ihr der Taxifahrer über sein Leben erzählt. Er kannte viele Sehenswürdigkeiten und kannte die Ansprüche der Touristen. Er mochte seinen Job, aber er bedauerte, dass sein Gehalt immer weniger wird, weil die einheimische Währung seinen Wert verlor. Er wollte deswegen in Euro oder in Dollar bezahlt werden, was sie selbstverständlich fand.

„Ich habe 2 Brüder und 2 Schwestern" – erzählte er. *„Ich sorge für sie. Ich bin der Meistverdienender in meiner Familie, also muss ich die anderen unterstützen. Ich habe mir noch nie eine Reise ins Ausland leisten können"* – fuhr er fort, *„Ich war nur wegen Militärausbildung im Ausland, damals, als mein Land noch mit Russland befreundet war. Ich spreche neben Arabisch fließend Russisch und Englisch. Ich war früher in einem Reisebüro tätig, leider ist die Zahl der Touristen zurückgegangen, ich muss jetzt mein Geld mit Taxifahren verdienen."* Sie war beeindruckt und sie hat ihn mit Respekt behandelt. Sie war müde, als sie ins Hotel endlich wiederkehrte. In ihrem Zimmer hatte sie sich auf das Bett gelegt und war sehr dankbar, dass sie in einem luxuriösen Hotel wohnen konnte und sie genügend Geld hatte, um sich eine Reise nach Ägypten zu leisten. Sie hat an ihre Eltern gedacht, die sie immer unterstützten. Sie war froh, dass sie sich um niemandem sorgen muss-

te. Bevor sie einschlief, hat sie durchs Fenster die Sonne am Nilufer gegenüber bewundert, der eben auch zum Schlafen unterging. Sie freute sich auf die nächsten Tage und schlief sofort ein.

Beim Frühstück hat sich ein netter Kollege zu ihrem Tisch gesellt und sie unterhielten sich sehr nett und fröhlich. Sie haben Orangensaft getrunken und dazu Croissant gegessen. Sie haben sich entschieden, dass sie im Reisebus nebeneinandersitzen werden. Die nächsten Tage liefen sehr schnell zu ende, sie erkundigten alle berühmten Orte, die diese Stadt bieten konnte und nahmen fleißig an allen Workshops teil, um ihre Kenntnisse über Ägypten zu vertiefen. Manche Vorträge waren interessant, manche weniger aufregend und manche dauerten sehr lange. Sie versuchte viele Notizen zu machen, um sich an alles erinnern zu können, falls sie zu Hause einen Be-

richt über diese ganze Reise schreiben sollte. Sie lernte sehr viel und sie fand viele Freunde. Die Kollegen waren sehr hilfsbereit, unternehmensfroh und wissensbegehrlich. Der nette Kollege hat ihr erzählt, dass er mit seinem Partner zusammenlebt und einen Hund, namens Oscar hat. Er hat viele Bilder über seinen süßen Hund gezeigt, der eben seinen ersten Geburtstag feierte. *„Sieh mal, wie süß er ist!"* – sagte stolz der nette Kollege. Der Hund auf dem Foto hatte weiße Farbe mit schwarzen Flecken an den Ohren und am Rücken. Auf diesem Bild saß er auf einem Sofa und lächelte fröhlich in die Kamera. *„Ich habe kein Haustier"* – bemerkte Annabell. *„Früher hatte ich eine Katze, einen roten Kater, er war sehr freundlich, er war mein Beschützer. Als ich einmal verreisen musste, habe ich ihn zu meinen Eltern gebracht, wo er im Garten den Zaun überkletterte und spurlos verschwand. Wir haben ihn nie mehr gefunden, obwohl wir Anzeigen aufgegeben haben und alle Nachbarn befragt haben. Ich bedauere, dass der treue Gefährte nicht mehr lebt und sich auf dem ewigen Jagd Feld aufhielt."*

An dem sechsten Tag mussten sie sehr früh aufstehen. Es war noch dunkel. Sie fuhren mit einem alten Bus nach Dendera. Nach einer halben Stunde fing es an, heller zu sein. Die Sonne hat ihren Tag begonnen. Die Morgenröte hat den Himmel pink bemalt. Jeder wollte ein Foto von diesem Naturwunder.

Der Weg durch die Wüste dauerte sehr lange, und es passierte fast nichts ausgenommen die vielen Geschichten, die ihre Kollegen erzählten, die sie mit großer Aufmerksamkeit anhörte. Manche hatten wirklich bewundernswertes Leben hinter sich, sie erlebten viele Reisen und viele Abendteuer. Alle kannten schon Ägypten sowohl aus positiven als auch aus weniger beeindruckenden Seiten. Als der nette Kollege ihr seine Erlebnisse schilderte, war sie mitgerissen und verständnisvoll. *„Ich sollte mal mehr unternehmen –,* bemerkte sie, *Ich habe noch nie Schischa probiert oder Domino gespielt. Ich werde auch eine Quad-Tour buchen, sofort nachdem wir zurück in dem Hotel sind."* Sie wollte über sich nicht viel verraten.

Irgendwie war die Fahrt auf dieser alten Straße doch nicht für sie geschaffen. Sie war erleichtert, als sie endlich ankamen.

Die staubige Stadt sah nicht so aufregend aus. Es gab dort kein Restaurant, kein Coffeeshop, die Menschen saßen am Rande der Straße, kaum Frauen, meistens nur Männer. Keiner hat von dem Bus ein Zeichen genommen, die Passagiere waren nicht mit erwartungsvollen Blicken gefolgt, wie es in anderen Städten üblich war. Keiner wollte von der Gruppe betteln oder etwas ihnen verkaufen. Sie sind unauffällig angekommen, oder fast unauffällig, weil ihre ganze Route von den Behörden registriert wurde. Sie fuhren auf einem streckenweisen gebilligten Weg mit vielen zwischen Kontrollen unterwegs. Diese ganzen Prozedere waren bestimmt, um ihre Sicherheit zu gewährleisten.

Die Sonne stand schon hoch über die Tempelanlage, als sie sie endlich betraten. Die gebrochenen Bausteine hatten eine geheimnisvolle rötliche Farbe bekommen. Sie waren an diesem Tag die einzigen Besucher bei Göttin Hathor.

„Wir sind in dem Haus des Horus angekommen. Diese Anlage ist berühmt von ihren magischen Kräften und zählt zu den Energie-Chakren der Welt. An diesem geheimnisvollen Ort haben die Priester früher versucht die gestorbenen

Seelen in das Leben zurückzurufen und die Eingeweihten in die Geheimnisse des Universums einzuführen" – erklärte der Reiseleiter. Sie versuchte die kosmische Kraft dieses Platzes zu fühlen, war aber nicht so geschickt, dass es ihr gelang. Sie fing keine Resonanzen ein. Vielleicht war es ihr nicht bestimmt die magischen Energiestrahlen zu empfangen?

Die riesigen Hallen haben sie beeindruckt und der Zodiac in der Osiris Kapelle, dessen Original im Louvre zu sehen ist, hat sie in die alte Geschichte dieser Kultur zurückgebracht. Dieser uralte Tierkreis mit scheinbaren Bahnen von Sonne, Mond und Planeten war wundervoll. *„Dieses Meisterwerk der Antike ist eines der ältesten astronomischen Botschaften"* –, hörte sie die Worte des Reiseleiters. *„Einige Forscher behaupteten, dass es schon über 15–25 Tausend Jahre alt sein könnte."*

Sie konnte erinnern, dass sie mal irgendwo über das Licht von Dendera gelesen hat. Sie hat sich sofort an ihn gewendet. *„Wissen Sie was das Licht von Dendera bedeutet? Dieser Zodiac ist es oder etwas Anderes?"* – fragte sie ihren Reiseleiter. Statt sofort eine Antwort zu geben, hat er sie hilfsbereit in die Ecke eines Raums geführt, wo plötzlich eine unterirdische Treppe erschien. Sie gingen beide runter. Die Räume waren viel enger und kleiner, als die oberen Hallen. *Diese sind Krypten* – sagte er, *„bitte auf ihren Kopf aufpassen!"* Es schien alles noch älter zu sein, als oben. *„Dieser Teil der Anlage ist sehr alt und die Decke ist niedriger, als bei normalen Räumen"* – fügte er zu. Am Ende des Korridors hat sie dann endlich ein Bild bemerkt, wo es dargestellt wurde, wie man Elektrizität herstellt. Sie konnte es kaum glauben. Sie war offen für alle Theorien und sie nahm viele merkwürdige Geschichten auf, die vielleicht andere Menschen nicht mehr glaubten. In diesem Moment wollte sie wirklich glauben und vorstellen, dass es vor so langer, langer Zeit möglich war das Licht künstlich herzustellen und dieses Bild in Stein meißeln, obwohl in der Anlage keine Spuren zu finden waren, dass Lampen eingesetzt wurden.

Es gab große Löcher am Dach, die das Licht durchgelassen haben und damit die Hallen mit Sonnenlicht übergossen wurden. *„Warum haben dann die Vorväter dieses Bild gemacht, und worum könnte es sich handeln?"* Sie hat immer viele Fragen gestellt auch für sich selbst, es waren schon eine Menge in ihrer Sammlung, worauf sie noch immer keine Antwort bekommen hat oder keine Antwort finden konnte. Obwohl sie sehr oft im Internet nachgeschaut hat, wenn sie auf etwas Ungeklärtes gestoßen ist und ihr Wissen mehr vertiefen wollte.

Der Reiseleiter hat über alle Bilder erzählt, was gewusst werden sollte. *„Diese Wandbilder stellen dar, wie das damalige Leben aussah. Sie zeigen uns Tiere und Menschen, die stellen uns vor, wie sie gelebt haben, und was sie gegessen haben. Sie verewigen Rituale und Ereignisse der damaligen Einwohner"* – fasste er zusammen. Zu der Erzeugung vom Licht gab er aber keine Erklärung. Die Stimme des Reiseleiters wurde immer leiserer, weil er sich schon zu dem Ausgang des unterirdischen Korridors näherte. Sie blieb stehen vor dem Licht und dachte nach.

Als sie mit ihren Gedanken fertig war, hat sie bemerkt, dass sie allein geblieben ist, ihre Gruppe schon draußen war und wahrscheinlich nur auf sie wartete. Sie beeilte sich und plötzlich stolperte sie. Als sie aufstehen wollte, hat sie einen kleinen Käfer am Fußboden im Sand bemerkt. *„Haben Sie keine Angst!"* – sagte eine rauchtiefe Stimme, die von hinter einer Säule kam, *„dies ist ein Ska-*

rabäus, ein Kheper, wie ihn unsere alten Vorfahren nannten. Er ist ein sehr bekannter Glücksbringer."

„In welcher Halle bin ich?" – fragte Annabell. Sie hat niemanden gesehen. Sie sah nach oben wo ein Loch in der Mauer drinnen war und das Licht reinguckte. Auf der Decke waren Sternenbilder gemeißelt, die so funkelten, dass man glauben konnte das wären die echten Sterne. *„Die Sternbilder"* –, rief sie laut, aber niemand antwortete. Sie ging zu der Säule, auf dem der Kopf von Hathor zu sehen war, aber sie fand niemanden dort. Vielleicht hat sie es sich nur eingebildet, dass jemand zu ihr gesprochen hat? Sie schaute die Sternbilder am Dach nochmal an und versuchte ihr Eigenes zu finden. *„Wie viele Menschen glauben an den Horoskopen, und blättern schon morgen früh die Zeitungen durch, um rauszufinden, was an dem Tag auf sie wartet?"* – fragte sie sich. Sie glaubte nicht an Tageshoroskope, aber sie hatte sich über ihr Sternbild

gründlich erkundigt. Sie war eine Schütze, eine freie Seele. Sie fand die Dachgemälden wunderschön, sogar die Farben waren noch zu sehen. Sie vergaß, dass sie sich schon über eine Stunde in dieser Halle aufgehalten hat.

Sie ging rasch raus aus dem Gebäude und hat endlich ihre Gruppe gesehen, die auf sie wartete. Alle waren mit ihren Telefonen beschäftigt. Einige haben noch die letzten Bilder geschossen, die anderen haben die Nachrichten gelesen und laut über das Geschehen diskutiert. Sie alle standen neben einem großen Stein mit einer Abbildung der Gottheit Bes, dem Schutzgott, der befugt war, das Horuskind vor Tieren zu schützten. Im Reich der Toten wurde Bes als Torwächter eingesetzt. Schade, dass niemand diese Tatsache bemerkte, weil sie plötzlich aufgehört haben seelisch auf dieser Reise zu sein. Sie sind in Gedanken schon fortgegangen. Alle haben sich wieder zu Hause zu sein gewünscht.

Der unbekannte Virus, der inzwischen schon einen Namen hatte, verbreitete sich raschelnd und war nicht mehr aufzuhalten. *„Die Regierungen haben sich für Schließungen ihrer Grenzen entschlossen, und die Touristen werden nach Hause gebracht"* – fassten ihre Kollegen die wichtigsten Informationen zusammen. Sie war noch bei ihren Gedanken und wollte sie nicht loslassen. Nicht mal für solche Nachrichten. Sie war still während der ganzen Busfahrt. Sie schloss ihre Augen und konzentrierte sich auf die Sterne. Sie sah das Licht, was Hoffnung für die Menschen bringt.

Als sie ins Hotel zurückkamen, wartete schon ihr Kursleiter auf sie. Er hat berichtet, dass sie am nächsten

Tag zum Flughafen gebracht werden und alle nach Hause fliegen müssen. Keiner war glücklich darüber, aber alle hofften, dass alles schnell bald vorbeigeht und sie wieder reisen können. *„Wird es wirklich so sein? Gibt es tatsächlich ein klares Licht am Ende des Tunnels?"* – Annabell war sich nicht sicher. Zum ersten Mal in ihrem Leben passierte es, dass sie Angst haben musste und sich um ihre Gesundheit Sorgen machen musste. Sie packte ihren Koffer und ging runter, um noch eine letzte Runde im Hotelpool zu schwimmen. Das Schwimmbad war leer und sie war allein. Sie hat an ihre Eltern und Freunde gedacht, die vielleicht schon zu Hause in selbstgewählter Quarantäne begegnet sind und auf die Nachricht von ihrer Ankunft warteten. Sie hat nachgedacht, dass sie, seit sie in Ägypten war, noch Keinen angerufen oder angemailt hatte. Sie vermisste niemanden. Sie wollte sich an die Menschen vor Ort konzentrieren und sich mit neuen Erlebnissen erfüllen. Sie wollte von den eigenen Eindrücken überzeugt werden und sich durch keine Bemerkungen von anderen Menschen ablenken lassen. Doch am Ende ist diese Reise doch ziemlich kurz geworden. Die ganze Welt hat sich in der letzten Zeit völlig verändert. Die Zahl 2020 schien ihr immer was Besonderes zu sein. Sie war überzeugt, als sie an der Silvesternacht ihre Wünsche und Neujahrsversprechen ihren Freundinnen erzählte, dass dieses Jahr ein Wendepunkt der Geschichte der Erde bedeuten wird.

Diese Pandemie war es nicht, worüber sie hoffte, die Welt in die guten Richtungen lenken zu wollen. Oder doch? Viele neuen Sicherheitsregeln wurden sofort eingeführt, Abstandhaltung und Kontaktsperre waren die neuen Begriffe, die die Tage der Menschen ab jetzt be-

stimmen. Sie wusste, dass sie in den nächsten Monaten ihr Leben dazu umstellen musste. Werden die Menschen wirklich solidarisch zu einander und werden es
endlich verstehen, dass sie für einander verantwortlich sind? Das Benehmen in dieser Pandemie-Zeit er-
wünschte von jedem die Zurückhaltung im Interesse der
Anderen. Wird die Menschheit ihr Egoismus, Geldgier,
Spaltung und Gelassenheit besiegen können? Es schien
ihr immer schwierig, wenn sie ihren eigenen Schatten
überspringen musste. Wird dann dieser gemeinsame
Sprung gelingen?

Bevor sie schlafen ging, wollte sie noch etwas trinken.
Sie setzte sich zu einem kleinen rundförmigen Tisch in
der Hotelbar. Kaum hat sie sich bequem gemacht, kam
der Kellner zu ihr und brachte eine Tasse Wiener Melange. Sie war überrascht, weil sie noch nichts bestellt hat.

„*Wer hat mir diesen Kaffee bestellt?*" – fragte sie den Kellner. „*Ein Herr mit einem alten Hut*" –, sagte der Kellner, „*er steht neben der Theke*". Sie guckte hin, aber niemand war mehr dort. „*Kennen Sie diesen Mann?*"

„*Ich kenne ihn nicht. Ich habe aber gehört, er kommt ab und zu mal ins Hotel. Er war früher ein Musiker und hat die ganze Welt bereist. Er lebt jetzt hier und hat seine innere Ruhe gefunden. Mehr kann ich Ihnen leider nicht sagen*" – fasste der Kellner kurz zusammen, was er über diesen unbekannten Mann wusste. Annabell bedankte sich und ging in ihr Zimmer, um vor dem Schlaf noch alle Nachrichten durchzulesen. Sie wollte sich auf diese völlig neue, ungewohnte und unbekannte Situation vorbereiten, die sie noch nie erlebt hat, die die ganze Welt verändert und neue Regeln in das Leben der Menschheit reinbringt. Als sie durch das Fenster blickte, merkte sie, dass die Sonne noch zu sehen war und sich wie gewohnt schon seit Jahrtausenden, in prachtvollem Orange langsam hinter den Bergen gegenüber des Nils verabschiedete.

***

FÜR AUTOREN A HEART FOR AUTHORS À L'ÉCOUTE DES AUTEURS MIA KAI
FOR FÖRFATTARE UN CORAZÓN POR LOS AUTORES YAZARLARIMIZA GÖNÜI
PER AUTORI ET HJERTE FOR FORFATTERE EEN HART VOOR SCHRIJVERS TE
ZÖINKERT SERCE DLA AUTORÓW EIN HERZ FÜR AUTOREN A HEART FOR AUTH
ÇÃO ВСЕЙ ДУШОЙ К АВТОРАМ ETT HJÄRTA FÖR FÖRFATTARE À LA ESCUCHA
ΓΙΑ ΣΥΓΓΡΑΦΕΙΣ UN CUORE PER AUTORI ET HJERTE FOR FORF
ZÖINKERT SERCE DLA AUTORÓW
ÇÃO ВСЕЙ ДУШОЙ К АВТОРАМ ET

Die Autorin

Die Autorin dieses Buches hat Soziologie und
Diplomatie studiert, hat in verschiedenen Ländern gelebt. Sie hat drei Kinder, und hat auf der
Achterbahn des Daseins viel erlebt. Sie beobachtet
ihre Umwelt mit offenem Herzen, und sammelt
ihre Eindrücke, die sie in diesen drei Erzählungen
aufgeschrieben hat, um sie Ihnen zum Nachdenken mitzuteilen. In ihrer multikulturellen Wahl-
heimat hat sie die Malerin, Firoozeh Radji-Seltrecht
kennengelernt, die die gleichen Geschichten mit
ihren Bildern darstellt. Die Künstlerin ist ebenso
eine Reisende, eine Art Vagabundin, reiste durch
Kulturen und Orte bis sich ihre Wege gekreuzt
haben. Daraus entwickelte sich eine Freundschaft
basierend auf Empathie und Toleranz. Firoozeh ist
Bauingenieurin und parallel hat sie französische
Literatur studiert. Sie sucht Zuflucht in der Malerei.
Die beiden Frauen drücken sich durch Literatur
und Malerei aus, um die schönen Momente des
Lebens zu verewigen. Kunst des Überlebens und
Abenteuer der Farben.

Der Verlag

Wer aufhört
besser zu werden,
hat aufgehört
gut zu sein!

Basierend auf diesem Motto ist es dem novum Verlag
ein Anliegen neue Manuskripte aufzuspüren, zu ver-
öffentlichen und deren Autoren langfristig zu fördern.
Mittlerweile gilt der 1997 gegründete und mehrfach
prämierte Verlag als Spezialist für Neuautoren in
Deutschland, Österreich und der Schweiz.

Für jedes neue Manuskript wird innerhalb
weniger Wochen eine kostenfreie, unverbind-
liche Lektorats-Prüfung erstellt.

Weitere Informationen zum Verlag und
seinen Büchern finden Sie im Internet unter:

www.novumverlag.com

Zeitfracht Medien GmbH
Ferdinand-Jühlke-Straße 7
99095 Erfurt, Deutschland
produktsicherheit@kolibri360.de